음악의 신 13

이창연 장편소설

초판 1쇄 찍은 날 | 2018년 1월 23일
초판 1쇄 펴낸 날 | 2018년 1월 30일

지은이 | 이창연
펴낸이 | 예경원

기획 | 위시북스
편집책임 | 이규재
편집 | 이즈플러스

펴낸곳 | 예원북스
등록번호 | 제396-2012-000132호
등록일자 | 2012. 7. 25
KFN | 제1-194호

주소 | 경기도 고양시 일산동구 호수로 646-24 위너스21Ⅱ빌딩 206A호 (우)10401
전화 | 031-819-9431 팩스 | 031-817-9432
E-mail | yewonbooks@naver.com

ISBN 979-11-6098-687-7 04810
     979-11-5845-408-1 (set)

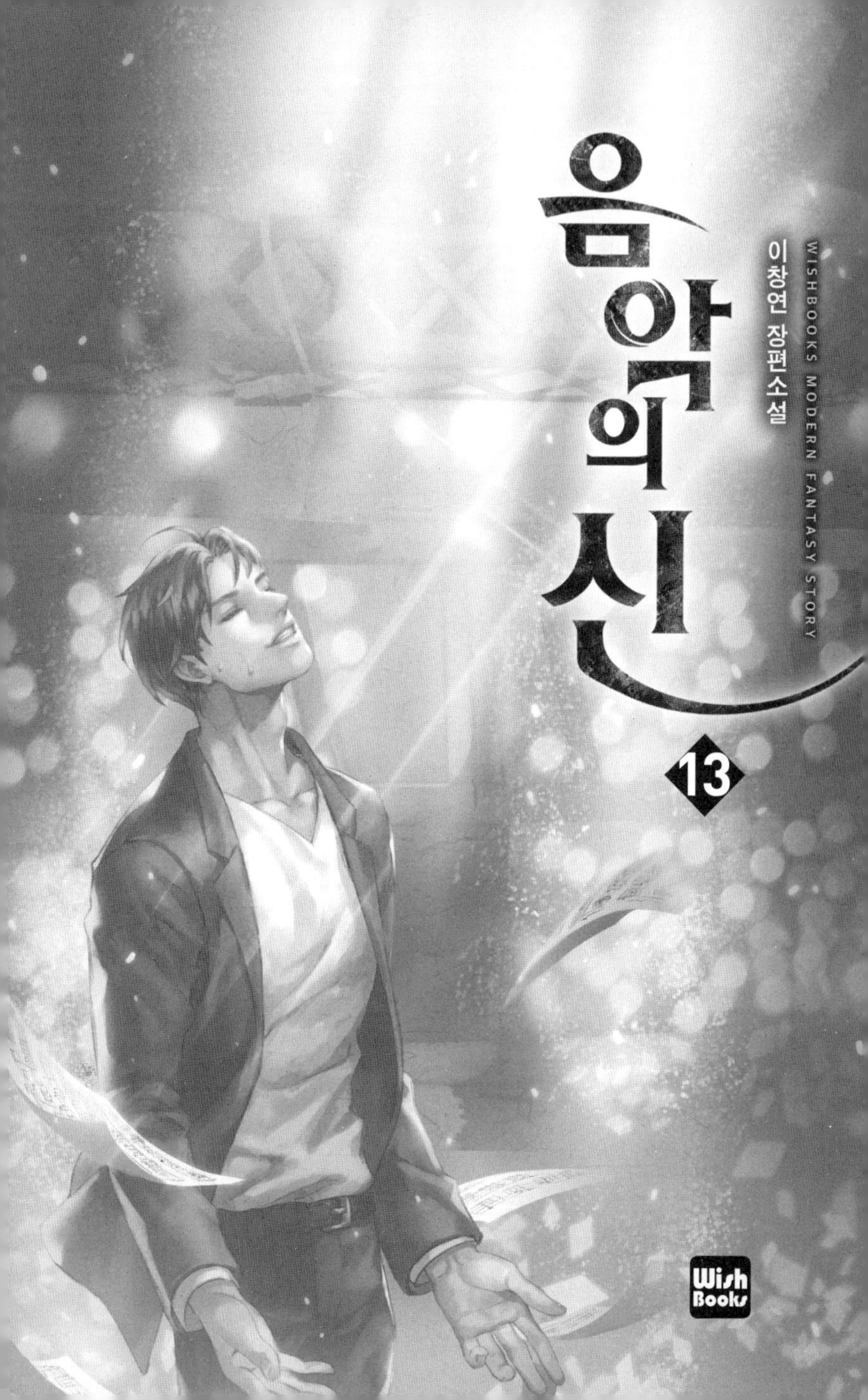
음악의 신
이창연 장편소설
WISHBOOKS MODERN FANTASY STORY
13
Wish Books

CONTENTS

음악의 신

1화

프라이드가 살아 있는 무대

−달콤하게 다가와~

　종대가 횡대로 바뀌며 정민아가 센터로 나왔다. 그와 동시에 멤버들은 자연스럽게 뒤로 물러나며 V자 대형으로 선 후, 옆으로 몸을 돌리며 오른팔을 들며 원을 그렸다.

　−우리 둘이 함께~ Oh~

　−와아아아아아아~~!

　한층 다듬어진 정민아의 목소리가 사람들을 환호하게 만들었다.

　TV를 보던 주아도 눈을 동그랗게 뜨며 감탄했다.

　"민아 노래 많이 늘었네? 연습 많이 했겠어?"

　"이번에 고생 많이 했지. 앨범 발매까지 미루고."

　"보컬 때문에 발매까지 미뤘다고? 그것도 민아 때문에?"

주아는 강윤이 발언에 놀랐다. 결국 가수와 앨범의 완성도를 위해 앨범을 미뤘다는 이야기였다.

아이돌 위주의 지금 한국 시장에서는 쉽지 않은 이야기였다.

"뭘 그렇게 놀라? 새삼스럽게?"

"……아니, 뭐 그냥."

주아는 뚱한 얼굴로 다시 TV로 눈을 돌렸다.

노래가 진행될수록, 주아는 에디오스의 군무에서 눈을 떼지 못했다. 격렬하면서 회전수도 많았으며, 꺾기도 많았다. 몸의 선은 물론이거니와 힘까지 갖춰야 소화할 수 있는 안무들이었다.

주아는 강윤의 앞에 자리를 잡고 앉아 턱에 손을 올리더니 에디오스의 컴백 스테이지에 집중했다.

'특이한 건 없군.'

매니저 중 에이스라 할 수 있는 김대현 매니저를 보내서 그런지, 별다른 문제는 없었다.

절정을 넘어 마무리 단계에 접어들자, 강윤은 그제야 조금은 마음을 놓고 자리로 돌아갔다. 음반 유통사에 보낼 서류를 찾기 위해서였다. 방송이 끝나고 유통사에 앨범이 공개되면 본격적인 활동이 시작된다.

그때였다.

TV에서 반주와 함께 흐르던 에일리 정의 노래가 뚝 끊겨 버렸다.

"푸하하하하하!"

주아는 TV를 보며 크게 웃음을 터뜨렸다.

함께 TV를 보던 직원들도 당혹스러운 장면에 순간 입을 가리며 고개를 돌렸다.

강윤이 무슨 일인가 싶어 고개를 들자 TV에서 에일리 정이 무대에 넘어졌다가 재빠르게 몸을 일으키는 모습이 눈에 들어왔다.

"허. 에일리, 넘어진 건가요?"

"아, 그게……."

강윤이 당혹스럽다는 듯 묻자, 이현지도 당황한 기색을 숨기지 못하며 답했다. 워낙 에일리 정이 슬랩스틱 하듯 넘어져 이현지도 간신히 웃음을 참고 있었다.

"한 대리, 강 대리."

강윤은 바로 뒤에 있던 홍보팀의 두 대리를 불렀다.

"네, 사장님."

"바로 에일리 관련 기사 낼 준비해 주세요. 좋은 안무를 보여드리지 못해서 죄송하다고 사과하고 더 연습을 하겠다는 내용으로……."

그러자 한창문 대리의 눈이 휘둥그레졌다.

"사장님. 저기…… 너무 솔직한 것 아닙니까? 그런 내용으로 기사가 나가면……."

"저 신발과 방송국 바닥이 맞지 않았을 거라 생각합니까?"

이번 에디오스의 신발은 힐도 아니고 바닥에 미끄럼 방지 처리까지 되어 있는 전문 댄스화였다. 멤버들의 키에 맞춰 키높이 굽이 되어 있는 정도였지, 춤을 추기 위한 최고의 신발이라 할 수 있었다.

강윤이 문제점을 지적하자 한창문 대리는 침음성을 냈다.

"크음. 알겠습니다. 하지만 이런 해프닝은 차라리 입을 다무는 것이……."

그 말에 강윤은 고개를 흔들었다.

"당연히 실수도 할 수 있습니다. 하지만 저런 작은 실수를 용납하다 보면, 마음이 흐트러지게 마련이죠. 그리고 이런 기사들을 내는 것은 우리가 작은 실수도 용납하지 않는다는 걸 대외적으로 보여주는 효과가 있습니다."

"알겠습니다. 준비하겠습니다."

한창문 대리와 강하인 대리가 신문사와 통화를 위해 자리로 돌아가자, 주아가 강윤에게 다가왔다.

"……역시."

"왜 그러니?"

"강윤 팀장다워서."

"무슨 말이야, 그게."

강윤이 피식 웃고는 돌아서려 할 때, 주아가 그의 손목을 잡았다.

"쉬었다 가. 보다시피 오늘은……."

"나도 오늘은 일 이야기로 온 거야."

"일? 주아야. 미안하지만 오늘은……."

"중요한 일인데?"

주아가 진지한 눈으로 강윤을 지긋이 바라보자, 강윤도 알았다며 고개를 끄덕이더니 소파에 다시 앉았다.

그녀는 가방에서 서류를 꺼내 강윤에게 건넸다.

"캐리 클라우디아? 제미스 어워드? 뭐야 이건?"

영어 문서들을 하나하나 읽어가니 당황스러운 말들 일색이었다.

캐리 클라우디아의 제미스 어워드 본 무대 기획에 대한 의뢰안이었다. 회사의 말과 캐리 클라우디아의 요구사항까지, 매우 상세한 내용이 서류에 들어 있었다.

강윤의 표정이 심각해졌다.

"주아야. 이게 뭐니?"

"뭐긴 뭐야. 제안서지. 이제 이 정도 물에서 놀 때도 됐잖아?"

강윤은 당황했다. 빌보드야 당연히 꿈의 무대이긴 했지만,

지금이 적기일지는 의문이었다.

그의 마음을 아는지 모르는지 그녀는 입꼬리를 들어올렸다.

"오빠, 큰물에서 제대로 놀아보고 싶지 않아?"

그녀의 말에 강윤의 동공이 미친 듯이 커지기 시작했다.

♪ ♩ ♪ ♪ ♪ ♪♩ ♪ ♪

2014년 1월.

사내에서도 말이 많고 탈도 많던 MG 스타타워가 드디어 완공되었다.

말도 많고 탈도 많았던 스타타워가 국내 제일의 쇼핑몰 중 하나인 유로스 옆에 화려한 자태를 드러냈지만, 소속 연예인들의 시선은 그리 곱지 않았다.

"내 돈이 저기 다 꽂힌 거야?!"

"아오! 저 머니타워 진짜!"

창밖으로 보이는 완공된 타워를 보며, MG 소속 연예인들은 눈을 부라렸다.

MG엔터테인먼트 소속의 연예인들은 사내 자금 마련을 위해 무리한 스케줄을 수행하느라 스타타워를 머니타워라 부르며 이를 갈아댈 만했다. 그나마도 완공이 연기되고 또 연기되며 돈을 연신 빨아먹으니…….

그러나 그들의 생각과는 달리, MG엔터테인먼트의 이사들은 스타타워 완공을 축하하며 정문에서는 관계자들이 모두 모여 인사를 나누고 있었다.

"드디어 우리 꿈 하나가 이루어졌군요. 모두 애쓰셨습니다."

"모두 수고하셨습니다."

이사들과 원진표 사장은 축배를 들었다.

이사들이나 사장이나 은행 대출은 기본, 투자를 명목으로 여러 곳에 아쉬운 소리를 해야 했다. 이 돈 먹는 하마 때문에 엔터테인먼트 계열에서 자금 튼튼하기로 소문난 MG엔터테인먼트가 대번에 부채비율이 위험한 수준까지 도달했다.

하지만 마치 외국의 XX 스튜디오처럼 랜드 마크 같은 스타타워의 모습은 그런 부채비율 따위는 아랑곳하지 않게 만드는 듯했다.

'에휴.'

이한서 이사는 한쪽 구석에서 조용히 술잔을 기울였다.

도무지 저 생각 없는 이사들과는 상종을 하지 못할 것 같았다. 불쌍하고 힘없는 사장이나 멍청한 이사들이나…….

다만 마음에 걸리는 이가 있었다.

'이런 부채비율이 어마어마한 회사에 자금을 빌려준 저 남

자. 대체 이유가 뭐지?'

이한서 이사는 이사들 틈에 섞여 하얀 이를 드러내며 웃고 있는 외국인을 곱지 않은 눈으로 바라보았다.

공사가 중단될 때마다, 그는 투자는 리스크가 있는 거라며 자금을 출자해 주곤 했다. 막대한 자금을 출자한 만큼 목소리를 높일 만도 하건만, 딱히 존재감을 드러내지도 않았다.

드러난 악의보다 드러나지 않은 악의가 더 무서운 법.

이한서 이사는 저 리처드라는 남자가 무서웠다.

'앞으로 MG는 어떻게 될까……'

스타타워가 완공된 기쁜 날이었지만, 이한서 이사는 MG 의 미래가 어디로 흘러갈지 걱정하며 한숨지었다.

"……다친 곳은 없다는 말이네요."

─아무튼 죄송합니다.

"대현 매니저 잘못으로 에일리가 넘어진 건 아니잖아요. 그래도 이후 대처를 잘했으니 괜찮습니다."

잠시 밖으로 나온 이현지는 현장에서 에디오스를 관리하던 김대현 매니저와의 통화를 하고 있었다.

─이후 에디오스 스케줄은 더 없습니다만, 다들 밤새서 연

습하겠다고 합니다. 바로 루나스로 가겠습니다.

"알겠습니다. 저도 사장님께 잘 말씀드리죠."

—알겠습니다.

김대현 매니저와 통화를 마치고 이현지는 사무실로 돌아왔다.

그런데 자리로 돌아오니 소파에 앉은 강윤의 표정이 심상치 않았다.

"사장님?"

"아, 이사님."

이현지는 무슨 일인가 싶어 주아의 옆에 앉았다. 그녀의 눈에 탁자에 놓인 영어로 된 서류들이 들어왔다.

"캐리 클라우디아? 잠깐."

미국 제미스 어워드 무대 기획 제안서.

서류를 보는 이현지의 눈이 경악으로 물들었다.

"제미스 어워드? 거기에 캐리라면……."

그녀는 숨이 턱 막히는 기분이 들었다.

강윤이라면 언젠가는 올 줄 알았지만 드디어……!

그녀가 기뻐하는 표정을 지었지만, 강윤은 고개를 절레절레 흔들었다.

"고민 중입니다. 받아들여야 할지, 말아야 할지."

"당연히 받아들여야죠. 이건 기회잖아요."

"후우."

강윤은 한숨을 내쉬었다.

그녀 말대로 평생 한 번 찾아올까 말까한 기회였다.

그러나 아무런 준비도 되어 있지 않은 상태에서 미국으로 가는 게 맞을까?

강윤은 고민되었다.

그의 망설이는 모습이 답답했는지 주아는 연신 밀어붙였다.

"아, 오빠. 왜 그래? 오빠답지 않게? 일단 부딪히고 보는 거지. 안 그래?"

"안 그래."

"진짜! 오빠답지 않게 왜 그래?"

주아가 불만스럽게 투덜댔지만 강윤은 고개를 흔들었다.

"준비 없이 가기엔 리스크가 너무 커. 가수를 조롱거리로 만들 순 없잖아."

"그럴 리가 없잖아! 시작도 안했는데 걱정이 너무 많은 거 아냐?"

강윤을 미국으로 데려가고 싶은지, 주아는 계속 강윤을 보챘다.

그러나 당사자인 강윤에겐 쉬운 결정이 아니었다.

'제미스 어워드는 2월. 이미 곡은 나와 있다. 전문 팀도 있

다. 없는 건 특수 장비팀뿐. 컨셉은 이미 잡혀 있고…….'

다시 열어서 서류들을 읽어보니 필요한 게 무엇인지 파악할 수 있었다. 무대 안팎에서 전체적인 시스템을 조율해 줄 사람이 필요한 상황이었다.

"오빠. 한 번 해봐. 응?"

"……."

오히려 당사자보다 더 적극적으로 나서는 게 이상할 정도였지만, 강윤은 쉽게 결정을 내리지 못했다.

이제 막 에디오스가 컴백했다. 그리고 조만간 일본에서 인문희의 활동도 마무리된다. 거기에 김재훈을 비롯해 다른 여러 가지 활동들도 준비해야 한다.

이걸 다 이현지 혼자서 할 수 있을까? 미국에 간다면 1달 이상은 자리를 비워야 하는 상황이 될 텐데…….

"언니, 강윤 오빠 설득 좀 해줘요."

"주아야. 기다려봐."

"아우, 이거 정말 기횐데……."

주아는 아쉬웠는지 강윤에게 해보자고 어필했지만, 강윤은 결국 생각해 보겠다는 말로 이야기를 마무리했다.

그녀는 결국 투덜거리며 이현지와 함께 자리에서 일어났다.

"하여간. 비싸요, 비싸. 하긴. 이러니까 믿을 수 있긴 하지. 아무튼 잘 생각해 보고 말해줘."

강윤은 고개를 끄덕이곤 서류들을 정리해 자리로 가져다 놓았다.

한편, 주아는 이현지와 함께 자리로 이동해서 홈페이지로 접수된 영상들을 보기 시작했다.

"이제는 우리 회사보다 접수하는 사람들이 많은 것 같네요."

스크롤을 내려도 끝이 없는 접수 인원에 주아는 입을 쩌억 벌렸다.

이현지는 영상을 재생하며 웃었다.

"이것도 힘들어. 시간 내서 계속 봐야 하거든. 요새는 밥 먹으면서도 본다니까?"

주아는 아예 이현지 옆에 자리를 잡고 앉아 오디션 영상을 보기 시작했다. 춤, 노래가 대부분이었지만 클래식 악기를 연주하는 이도 있었고 심지어 창을 하는 사람도 있었다.

주아는 특이한 사람이 많다며 혀를 내둘렀다.

그러다가 그녀는 '차혜리'라는 접수자의 영상을 클릭했다.

"14살이야? 완전 애기네?"

그런데 막상 영상을 클릭해 보니 키가 엄청난 여학생이 영상에 떡하니 자리하고 있었다.

주아는 자신보다 머리 하나는 더 큰 듯한 여학생의 모습에 눈살을 찌푸렸다.

"……큰 것들은 다 죽어야 해."

"연주아 씨."

"아, 농담농담."

주아는 혀를 빼꼼히 내밀며 영상으로 다시 눈을 돌렸다.

사흘이 지났다.

강윤은 결국 주아의 제안을 정중히 거절했다. 주아는 당연히 펄펄뛰며 난리를 치긴 했지만, 결국 강윤의 선택을 존중했다.

"한 번만 더 해보자."

루나스 4층 연습실.

모두와 함께 연습하는 에일리의 눈에 독기가 어려 있었다.

정민아는 그녀의 옆에 서서 함께 턴을 돌았고 이혁찬 안무가가 박수를 치며 박자를 셌다.

"하나, 둘, 하나, 둘. 보폭에 주의하고."

이미 안무는 완성되어 모두 칼같이 잡힌 군무를 보여주고 있었다.

그러나 에일리 정은 아직 멀었다며 컴백 스테이지에서 넘어진 동작을 연신 반복하고 있었다.

스케줄 때문에 늦은 저녁이 되어서야 연습을 할 수 있었지만, 에디오스 누구도 불만은 없었다.

강윤도 집에 가지 않고 연습실 뒤에서 모두의 연습을 지켜보고 있었다. 컴백 스테이지의 '꽈당'은 해프닝으로 잘 봉합되었다.

처음에 솔직히 실수를 인정하고 더 노력하겠다는 것을 기사화하니 인간적이라며 사람들의 동정을 샀다. 거기에 노력하고 있다는 후속 기사를 내기 위해, 연습 장면을 촬영하고 있었다.

"하나, 둘! 민아야. 조금 빠르다."

"네."

이혁찬 안무가의 시범에 맞춰 6명의 에디오스 멤버는 다시 군무를 맞춰갔다.

안무를 보면서, 강윤이 작게 하품을 할 때였다.

밑에서 계단 오르는 소리가 들려오더니 사람들이 웅성대는 소리가 들려왔다.

'뭐지?'

강윤이 의아해하며 밖으로 나가려는 찰나, 노크 소리와 함께 문이 열리며 이현지와 주아, 그리고 흑인 여성과 함께 백인 남성이 연습실에 들어섰다.

"당신이 강윤?"

흑인 여성이 강윤을 게슴츠레 바라보며 이야기하자 강윤은 고개를 끄덕였다.

"그렇습니다만."

"제대로 왔네. 캐리예요. 캐리 클라우디아."

그녀는 화통하게 웃으며 오른손을 내밀었다.

강윤은 예정에도 없던 손님에 최대한 냉정을 유지한 채 미소 지었다.

"캐리 클라우디아?"

"우와. 미국에서는 한 번도 못 봤었는데……."

크리스티 안과 한주연은 강윤과 악수를 하는 캐리 클라우디아를 보며 수군거렸다.

한때 미국에서 활동한 에디오스였지만, 그녀 같은 슈퍼스타와 같은 무대에 함께한 적이 없었다. 그런데 한국에서, 그것도 연습실에서 마주하게 될 줄이야.

하지만 강윤은 당황스럽지도 않은지 능숙하게 그녀를 상대했다.

"일단 사무실로 가시죠. 이사님. 안내 부탁드립니다."

이현지는 캐리 클라우디아를 일단 사무실로 안내했다.

다행히 돌발행동으로 연습실에 들이닥쳤던 캐리 클라우디아는 순순히 이현지를 따라나섰다.

태풍이 지나가고 강윤이 에디오스 멤버들에게 말했다.

"다들 연습하고 있어."

"네."

강윤이 나간 후, 서한유가 긴 한숨을 내쉬며 말했다.

"후아…… 방금 무슨 일이 있던 거지?"

"무슨 일은. 캐리가 왔잖아."

정민아도 질렸다는 듯 고개를 휘휘 저었다.

'놀라지도 않나? 하여간…….'

그녀는 캐리 클라우디아보다 그녀의 난입에도 침착했던 강윤이 더 놀라울 따름이었다.

에디오스 멤버들은 난데없는 슈퍼스타의 난입에 그녀가 무슨 일로 왔을지 이러쿵저러쿵 설레발을 쳤다.

한편, 강윤이 사무실로 들어가자 캐리 클라우디아는 꼬았던 다리를 풀며 강윤에게로 눈을 돌렸다.

"흐으음……."

캐리 클라우디아는 강윤을 위아래로 훑어 내렸다.

노골적으로 스캔을 당하는 기분이 좋을 리 없었지만, 강윤은 웃으며 자리에 앉았다.

"정식으로 인사드립니다. 월드엔터테인먼트를 경영하고 있는 이강윤이라고 합니다."

"캐리 클라우디아예요."

간단한 인사만 오갔지만, 두 사람은 맹렬히 서로를 탐색하고 있었다.

강심장으로 소문난 주아와 이현지마저 침을 삼키며 긴장할 정도였다.

악수를 한 후, 강윤은 말문을 열었다.

"미리 말씀해 주셨으면 준비를 해놓고 있었을 텐데…… 이런 늦은 시간에 뵙게 될 줄은 생각하지 못했습니다."

"미안해요. 원래 이런 시간에 찾아오는 건 예의가 아닌 걸 알지만 가만히 있을 수가 없었어요. 주아가 워낙 만나기 힘든 사람이라고 말해서 직접 왔어요."

강윤이 주아 쪽으로 눈을 돌리자 그녀는 놀라 딴청을 피웠다.

하여간, 문제는 저쪽에 있었다.

"귀한 손님을 헐레벌떡 맞을 순 없잖습니까. 다음부터는 연락을 주십시오."

강윤은 한글로 된 자신의 명함을 그녀에게 건넸다.

캐리 클라우디아는 정중히 강윤의 명함을 받아 자신의 가방에 넣었다.

그 모습에 뒤에 있던 매니저 빌이 놀라 눈을 휘둥그레 떴지만, 그녀는 개의치 않았다.

여유 있는 미소를 보이며 사무실 이곳저곳을 보고 있는 캐리 클라우디아를 보며, 강윤은 생각했다.

'당당한 사람이군. 눈에 힘이 있어. 하긴, 밑바닥부터 올라온 사람이니 그럴 만도 하지.'

주아 때문에 사전에 캐리 클라우디아에 대한 정보를 많이 알고 있었기에, 강윤은 그녀의 오만해 보이기까지 하는 모습을 오해하지 않았다. 게다가 이미 그녀가 왜 이곳에 왔는지 짐작했기에 길게 시간도 끌지 않았다.

"여기까지 오셨는데 죄송한 말씀을 드려야 할 것 같습니다. 제가 회사일 때문에 움직이기가 힘들 것 같습니다."

"그래서 직접 왔잖아요."

"네?"

캐리 클라우디아는 강윤의 근처 소파로 자리를 옮겨 앉았다.

"나도 쉽게 움직이는 사람은 아니에요. 처음에는 반신반의 했는데, 알아보니 그것만은 아니더군요. 아무래도 꼭 해 줘야겠어요."

"저를 좋게 봐주셔서 감사합니다만, 이쪽 일도 중요합니다."

"알아요, 알아. 하지만 이걸 보면 생각이 달라질 거예요. 빌."

빌이라는 백인 매니저는 곧 가방에서 노트북을 꺼내 영상을 재생했다.

강윤은 상상도 못 한 영상에 눈을 휘둥그레 떴다. 그 영상은 다름 아닌, 강윤이 기획한 뮤직 스테이션 영상이었다.

처음에 시큰둥했던 팬들이 1절이 지날 무렵, 주아의 춤과 노래에 물결치듯 환호하기 시작하는 부분에서, 캐리 클라우디아는 영상을 멈췄다.

"주아가 소개해 준 기획자가 이런 사람일 줄은 생각도 못 했죠? 이건 뭐. 하. 제펜, 아사이 TV는 나도 잘 알거든요. 그렇죠, 빌?"

그녀의 말에 뒤에 있던 남자 매니저, 빌이 무뚝뚝한 어조로 말을 받았다.

"월드투어를 할 무렵이었습니다. 그때 홍보를 위해 캐리의 TV방송 출연을 물색 했었죠. 가장 적합한 게 뮤직 스테이션이라고 결론을 짓고 컨텍을 했지만…… 거절당했습니다. 지금까지 외국인이 선 적이 없다는 이유로 말이죠. 그때……."

"그때 화가 나서 콘서트 끝나자마자 미국으로 가버렸죠. 후, 그 꽉 막힌 사람들 진짜…… 그런데 주아가 외국인 중 처음으로 뮤직 스테이션 무대에서 공연을 했고 그 주역이 강윤, 당신이라는 걸 알았죠. 사실 놀랐어요."

"……."

강윤은 침묵했다.

주아도 강윤과의 일이 새록새록 떠올랐는지 얼굴에 미소를 폈다.

캐리 클라우디아는 미소를 지으며 말을 이어갔다.

"주아가 한 말이 맞더군요. 이 사람이 있으면 내가 뭘 해도 괜찮겠구나."

"캐리. 저기……."

"이미 난 마음을 정했어요. 강윤, 당신이 아니면 안 돼요."

캐리 클라우디아는 노트북을 닫았다.

이 정도면 거의 반 협박 수준이었다. 어찌 보면 자기중심적이라고 할 수 있었지만, 강윤은 무대에 서고 싶다는 강력한 열의를 느낄 수 있었다.

잠시 생각을 하던 강윤은 차분한 어조로 답했다.

"굳이 제가 아니어도 미국에도 인재는 많다고 생각합니다. 솔직히 말씀드리겠습니다. 저도 빌보드라는 넓은 무대가 욕심이 납니다. 하지만 지금은 경험도 부족하고 준비도 되어있지 않습니다. 이대로라면 캐리에게 폐만 될 뿐입니다. 직접 와주셨는데, 좋은 말씀을 못 드려……."

강윤은 미안한 기색을 보이며 말을 맺으려 했다.

그런데 말이 끝나기도 전에, 캐리 클라우디아는 난데없이 웃음을 터뜨렸다.

"캬하하하! 그래. 사람이 너무 쉬워서는 안 되지."

"캐리. 그게 무슨……."

그녀는 강윤과 눈을 맞추며 씨익 웃었다.

"이런 솔직한 사람! 그래. 이런 걸 원했어! 최고야, 최고!"

그녀는 이미 강윤의 말이 귀에 들어오지 않는 듯했다. 이대로 가면 보쌈이라도 해서 끌고 갈 기세였다.

강윤이 이대로는 안 되겠다며 더 강한 어조로 거절하려던 찰나, 이현지가 끼어들었다.

"사장님."

난데없는 한국말에 캐리 클라우디아가 웃으며 고개를 갸웃했지만, 이현지는 아랑곳 않고 말을 이어갔다.

"다녀오세요. 여긴 우리한테 맡기고요."

"이사님. 하지만……."

"괜찮아요. 사장님 없어도 제미스 어워드 할 동안은 충분히 일할 수 있어요."

"하지만……."

강윤은 말도 안 된다며 고개를 흔들었다.

에디오스가 활동에 들어갔다. 거기에 조만간 인문희가 한국에 들어온다. 김지민과 박소영도 예능방송에 나가 활약하며 회사가 바쁘게 돌아가는 상황이었다. 거기에 김재훈은 가만히 있는가? 또 민진서는?

강윤은 자신이 있어야 한다고 생각했다.

그러나 이현지는 생각이 다른 듯했다.

"미국에서의 일은 사장님밖에 할 수 없는 일이잖아요. 하지만 여기 일은 사장님이 아니더라도 우리 중 누구나 할 수 있어요. 전 이번 기회에 미국 시장을 개척할 기반을 만드는 것도 중요하다고 생각해요."

"이사님."

"우릴 믿고 다녀오세요."

강윤은 침묵했다.

우릴 믿어라.

그 말이 강윤의 가슴에 깊이 파고들었다.

'준비 없이…… 괜찮을까?'

원래 미국은 더 철저하게 준비하고 부딪혀 볼 생각이었다.

하지만 이런 기회를 놓치고 싶지 않은 마음도 있었다. 두 마음을 두고 한참을 고민하던 강윤은 힘겹게 고개를 끄덕였다.

"후우. 부족한 몸이지만 잘 부탁합니다."

"캬하하! 좋아요. 강윤, 환영해요!"

다시 한 번 강윤의 손을 맞잡으며 캐리 클라우디아는 활짝 웃었고 주아도 잘됐다며 강윤을 축하해 주었다.

이틀 뒤.

미국으로 떠나기 전, 강윤은 희윤과 함께 마지막으로 짐을 챙겼다.

"희윤아. 이렇게까지는 필요 없어."

강윤은 캐리어 3개는 될 법한 짐들을 어떻게든 줄이려고 했지만, 희윤은 말도 안 된다며 다 필요한 것들이라고 펄쩍 뛰었다.

"오빠, 2월 중순이나 돼야 올 것 아냐? 그동안 쫄쫄이만 입고 다니려고?"

"쫄쫄이라니. 옷들 많이 챙겨……."

"안 돼. 다 가져가. 거긴 동양인이라고 눈 찢어대면서 차별하는 사람들도 있어. 괜히 책잡히면 힘들어져."

짐이 과하긴 했지만 강윤은 희윤의 걱정하는 마음을 무시할 수 없었다.

간신히 캐리어를 3개에서 2개로 줄이는 걸로 타협을 보고 나서야 강윤은 잠이 들었다.

다음 날.

강윤은 공항으로 나갔다. 김포공항에서 대기하고 있던 금발의 백인 미녀의 안내를 받아 VIP 전용 통로로 이동하니, 거대한 비행기 앞에 도착할 수 있었다.

"일찍 왔군요."

엔진 소리가 시끄러운 비행기 입구에서, 캐리 클라우디아가 강윤을 기다리고 있었다.

그것은 다름 아닌 캐리 클라우디아의 전용기였다.

난생처음 보는 전용기에 놀랐지만, 강윤은 티내지 않고 계단을 올랐다.

강윤과 캐리 클라우디아를 비롯해 수행하는 이들 모두가 탑승하자 비행기는 활주로로 이동해 하늘로 날아올랐다.

'전용기라니. 월드스타는 다르구나. 우리도 조만간…….'

월드도 언젠가는 전용기를 운영할 수 있게 될까?

강윤의 꿈은 더더욱 커져갔다.

안전벨트를 풀어도 된다는 안내를 듣고 강윤은 벨트를 풀었다.

그때 캐리 클라우디아가 앉아 있는 소파 같은 좌석으로 스튜어디스가 다가왔다. 그녀는 와인을 비롯해 스테이크 등의 기내식을 서비스로 받고 있었다.

"한잔할래요?"

그녀의 권유에 강윤도 스튜어디스가 따라주는 와인을 받아 음미했다. 씁쓸하면서도 부드러운 와인을 넘기고 강윤은 가방에서 서류를 꺼내 캐리 클라우디아에게 보여주었다.

"이건? 설마, 벌써?"

미국에서 시작해도 될 것을, 비행기 안에서 일을 하려는 강윤의 모습에 놀랐는지 그녀는 눈을 휘둥그레 떴다.

그러나 강윤은 부족하다는 듯 고개를 저었다.

"캐리. 처음에 이야기했다시피, 전 미국에 대해 잘 모릅니다. 그러니까 캐리가 절 많이 도와줘야 합니다."

"그래요? 알았어요. 말만 해. 다 도와줄게요."

"감사합니다. 그럼 시작하죠."

강윤이 먼저 그녀가 어떤 무대를 만들고 싶은지 묻자 캐리 클라우디아는 당연하다는 듯 답했다.

"재미있고 화려하고 거대한 무대."

"명확해서 좋군요. 알겠습니다. 그럼 캐리의 노래를 사람들이 왜 좋아한다고 생각하십니까?"

"내가 생각하는 이유인가요? 내가 좀 섹시해서? 몸매도, 춤도, 노래도? 캬하하."

강윤은 장난기와 자신감이 동시에 어려 있는 그녀의 말을 꼼꼼히 적어나갔다.

"장난이었는데, 재미없었나요?"

"아니요."

"……쳇. 재미없었네, 없었어. 쳇쳇."

뜬금없는 장난에 그녀는 창가를 바라보며 투덜거렸다.

다른 의미로 종잡을 수 없는 캐릭터 같았지만 강윤은 휘둘리지 않았다.

"제 생각엔 사람들은 캐리의 에너지 넘치는 모습에 끌리는 것 같습니다. 몸매, 목소리, 무대. 모두가 힘이 넘칩니다. 건강한 몸매부터 힘 있는 목소리. 거기에 팀원들이 힘을 더한다고 생각합니다.”

“……그래요?”

“전 캐리의 장점을 극대화시키는 걸 목표로 기획을 시작할 겁니다. 어떻습니까?”

그녀는 입술을 삐죽이며 눈썹을 씰룩였다. 지금까지 이런 말은 들어본 적이 없는지 어려운 모양이었다.

그러나 그녀는 강윤의 말에 고개를 끄덕였다.

“알았어요. 결국 화려한 거네요?”

“비슷합니다. 화려함도 힘의 일종이죠. 아마 많은 장치들을 활용해야 할 겁니다. 돈이 만만치 않게 들어갈 겁니다.

“그건 걱정 안 해도 돼요.”

캐리 클라우디아는 강윤의 말에 점점 빠져들었다.

강윤은 천천히 그녀를 유도해 원하는 바를 이끌어냈고 메모장에 하나하나 적어나갔다. 심지어 끈 수영복만 입고 19금 무대를 만들고 싶다는 말까지 꺼내게 만들어, 그녀 스스로를 놀라게 만들었다.

긴 비행시간이었지만 공연 이야기를 하다 보니 오히려 짧게 느껴졌다.

도착하니 저녁이 될 무렵이었다. 비행기에서 내린 후, 그녀는 하늘을 올려다보며 말했다.

“내일은 쉬고 모레부터 시작하죠.”

"아닙니다. 시간도 촉박한데 바로 해도 괜찮습니다."

캐리 클라우디아는 웃으며 강윤의 어깨를 두드렸다.

"오케이. 그럼 내일 봐요. 숙소는 최고급으로 준비해 뒀어요."

그녀는 피곤하다며 바로 차를 타고 저택으로 향했다.

강윤도 직원의 안내를 받아 호텔로 향했다.

다음 날.

강윤은 대기하고 있던 운전기사의 차를 타고 캐리 클라우디아의 연습실로 향했다.

그동안 공석이었던 기획팀장이 온다는 말에 무대와 조명을 담당하는 디자이너와 각 파트장 등이 일찍부터 모여 있었다.

캐리 클라우디아는 강윤이 도착하자 그를 자신의 옆에 서게 하고 모두에게 소개했다.

"다들 인사해요. 내가 한국에서 직.접. 모셔온 이강윤 씨에요. 이제 한 팀이니까……."

강윤은 모두에게 박수를 받으며 첫인사를 했다.

그러나 난데없이 들이닥친 동양인이 기존에 있던 팀원들과 융화되는 일이 쉬울 리 없었다.

'쉬울 리 없지.'

팀원들의 눈에는 탐색과 경계심이 가득했다.

그러나 강윤은 아무렇지도 않은 듯, 박수를 치며 모두의 시선을 모았다.

"10분 뒤에 회의를 시작하겠습니다. 회의실로 모여 주십시오."

잠시 화장실에 다녀온 후 회의실로 들어가니, 직원들이 자리에 앉아 강윤을 기다리고 있었다.

곧 본격적으로 회의가 시작되었다.

강윤은 팀장들에게서 현재까지의 진행상황에 대해 보고받았다.

무대와 조명 디자인은 몇 번이나 나왔지만, 캐리 클라우디아에게 다시 해오라며 면박을 받았고 밴드와 댄스 팀원들은 'Take Good Care'의 콘서트 버전만 주구장창 연습하는 상황이었다.

강윤은 밴드 마스터에게 물었다.

"캐리가 'Take Good Care' 편곡에 대한 이야기는 안 하던 가요?"

그러자 머리를 초록색으로 물들인 남자가 침통한 표정으로 답했다.

"캐리는 콘서트 버전을 그대로 하자고 이야기했습니다."

"그래요? 콘서트하고 제미스 무대하고는 버전을 달리하는 게 나을 텐데……."

강윤이 고개를 갸웃하자 밴드 마스터는 고개를 저으며 말을 이어갔다.

"편곡을 하는 것도 쉬운 일이 아닙니다. 캐리가 성격은 좋아도 곡 문제는 보통 까다로운 게 아니니…… 전 차라리 안 하는 게 낫다고 봅니다."

"제 생각도 그렇습니다."

"저도……."

댄스 팀장들 몇몇도 동의하고 나섰다.

그러나 그들과 다른 팀장들도 있었다.

"그런데 콘서트와 제미스 버전을 같게 하는 것도 웃기잖아요? 분명 말이 나올 텐데?"

"어설프게 준비하는 것보다 나아요."

"제대로 준비하면 되죠."

팀장들 사이에서도 의견이 분분했다. 회의실이 시끄러워질 찰나, 강윤이 가볍게 책상을 두드리며 분위기를 환기시켰다.

"저도 편곡을 하는 게 좋다고 봅니다. 캐리가 만족할 만한 곡을 만드는 것도 만만치는 않을 테니, 이 문제는 제가 해결하지요."

그 말에 밴드 마스터가 툴툴대며 물었다.

"캐리를 설득하는 게 만만치 않을 텐데요?"

비꼬듯 들릴 수 있었지만 강윤은 차분히 답했다.

"맞습니다. 하지만 여기 모두 무대에 맞는 편곡이 필요하다고 생각하고 있잖습니까."

"그건 그렇지만……."

팀장들이 작게 고개를 끄덕이자 강윤은 힘 있게 말을 이어갔다.

"일단 제가 소속사 작곡가님들과 팀을 이뤄 3일 내로 캐리가 원하는 편곡을 만들어 내겠습니다. 만약 3일 내로 편곡이 나오지 않으면 콘서트 버전으로 가겠습니다. 기존 데이터들이 있으니 디자이너 분들과 감독님들도 무대를 준비하는 데는 크게 어렵지 않을 거라 생각합니다. 다른 의견 있습니까?"

강윤의 물음에 아무도 손을 들지 않았다.

첫 회의에서 편곡을 하겠다고 공헌한 강윤의 말.

팀장들은 고개는 끄덕였지만, 반신반의했다.

"회의 마치겠습니다. 3일 뒤에 뵙죠."

강윤이 나가고 팀장들은 밖으로 나간 강윤을 보며 수군거렸다.

"저 사람, 뭘 모르는 사람 아냐?"

"내 말이. 뭐, 편곡이야 하루 만에도 뽑을 수 있지. 그런데 캐리의 마음에 드는 게 문제지. 하하하."

"그래도 캐리가 데려온 사람인데……."

"……."

팀장들은 저마다 강윤에 대한 의문을 품으며 자리에서 일어났다.

회의실을 나온 강윤은 잠시 이마를 짚으며 짧게 한숨을 쉬었다.

'예상한 일이야.'

갑작스럽게 굴러온 돌을 보는 시선이 곱지 않을 거라고는 이미 예상했었다. 원래대로라면 천천히 신뢰를 얻으며 팀을 하나로 모으는 데 집중했겠지만, 지금은 그럴 여유가 없었다.

'내가 먼저 더 뛰어야겠군.'

강윤은 캐리 클라우디아가 댄서들과 연습을 하고 있는 연습실로 향했다.

"강윤!"

스트레칭을 마치고 막 연습에 들어가려던 그녀는 강윤을 보곤 반갑게 손을 흔들었다.

"방해해서 미안합니다, 캐리."

"아니에요. 무슨 일?"

"급하게 할 이야기가 있어서 왔습니다. 잠깐 시간 괜찮습니까?"

캐리 클라우디아는 댄서들에게 양해를 구하고 강윤과 연

습실 구석으로 향했다. 그녀는 강윤에 대한 기대가 많았는지 벌써부터 눈을 반짝이고 있었다.

"우리 대장들 만나 보니까 어땠어요? 다들 괜찮죠? 그렇죠?"

강윤은 웃으며 고개를 끄덕였다.

"네. 다들 뛰어난 분들 같았습니다. 손발을 맞추면 어떤 공연이 나올지 기대가 되더군요."

"역시."

첫 회의에서 삐걱댔지만, 강윤은 팀장들에 대한 뒷담화를 하지 않았다.

캐리는 강윤의 말에 기뻐하며 그의 팔을 가볍게 잡았다.

"그래서 뭘 어떻게 하기로 했나요? 우리 팀장들은 의욕이 넘쳐서 말이 많았을 텐데……."

강윤은 웃음을 멈추고 차분히 본론을 꺼냈다.

"캐리. 이번 공연은 콘서트 버전으로 합니까?"

"응. 맞아요. 문제 있나요?"

"아무래도 편곡을 하는 게 나을 것 같아서 말입니다."

그러자 캐리 클라우디아의 표정이 묘하게 틀어졌다.

"편곡? 왜죠?"

"콘서트에서 보여준 무대와 제미스에서 보여준 무대가 같을 순 없습니다. 아무래도 편곡이……."

"싫어요."

그녀는 강윤의 말이 끝나기도 전에 세차게 고개를 흔들었다.

"캐리."

"필요하면 인트로를 조금 줄이거나, 장치들을 조절하면 되잖아요. 굳이 편곡까지 할 필요는 없어요. 가뜩이나 시간도 촉박한데……."

"확실히 시간이 촉박하긴 합니다. 그래도 모자라지 않게 맞출 수 있습니다. 캐리. 그러니까……."

"편곡 없이 해요."

그녀는 완고했다.

예상치 못한 반응에 강윤은 당황스러웠다. 그러나 그는 다시 한 번 그녀를 설득했다.

"캐리, 시각 못지않게 청각은 중요합니다. 심하면 돈으로 무대를 때우려 한다는 말을 들을 수도 있습니다."

"강윤. 편곡은 없어요."

강윤은 편곡의 필요성을 논리적으로 이야기했지만 그녀는 편곡은 필요 없다며 강하게 맞섰다.

연예인이 고집을 부리면 설득이 쉽지 않다는 것을 잘 아는 강윤은 지금은 일단 한 걸음 물러설 때라는 걸 느꼈다.

"알겠습니다. 나중에 다시 이야기하죠. 충분히 생각해 보고 말해 주십시오."

강윤은 연습실을 나섰다.

사무실로 올라가려는데, 문이 다시 열리며 큰 키의 머리가 없는 댄서가 강윤을 붙잡았다.

"저기, 마스터."

자신을 수석댄서라고 소개한 그는 강윤에게 심각한 얼굴로 용건을 이야기했다.

"콘서트 버전 'Take Good Care'의 편곡을 캐리가 직접 했습니다. 쉽게 편곡을 허락하지 하지 않을 겁니다."

"캐리가 편곡을 했다?"

"네. 캐리는 자신이 편곡한 버전의 'Take Good Care'에 애정이 많습니다. 캐리는 이 버전을 더 많은 사람들에게 보여 주고 싶어 했습니다."

강윤은 이야기를 해줘서 고맙다고 한 후, 남자 댄서에게서 돌아섰다.

캐리 클라우디아의 회사가 마련해 준 사무실에 들어간 강윤은 의자에 앉아 팔로 이마를 감쌌다.

'확실히 편곡이 필요해. 제미스 무대와 콘서트 무대의 환경이 같을 리가 없어.'

어찌 보면 사소한 차이일지도 몰랐다.

하지만 그런 디테일의 차이가 일류와 이류를 가르는 법이다. 가수가 아무리 고집을 부려도 들어줄 것과 들어주지 않아야 할 것이 있었다.

'다시 가보자.'

강윤은 다시 캐리 클라우디아의 연습실로 향했다.

"하나, 둘, 하나, 둘. 제이드. 좀 더 옆으로."

캐리 클라우디아는 구슬땀을 흘리며 댄서들 사이에서 맹연습을 하고 있었다.

"캐리."

"강윤."

그녀는 조금 전의 이야기 때문인지 어색한 표정을 지었다.

"잠깐 시간 괜찮으십니까?"

캐리는 내키지 않는 듯 했지만, 댄서들에게 양해를 구하고 강윤을 따라나섰다.

강윤은 아무도 없는 옥상으로 캐리 클라우디아를 이끌었다.

"아무리 생각해도 편곡이 필요합니다."

"강윤."

강윤이 단언하자 그녀의 표정이 대번에 일그러졌다.

칼날 같은 눈빛이 강윤을 베어버릴 기세였지만, 그는 아랑곳하지 않고 말을 이어갔다.

"아무리 생각해도 디테일의……."

"난 분명 싫다고 이야기했는데."

"캐리. 후우."

강윤은 짧게 한숨을 쉬었다.

아무래도 충격이 필요할 것 같았다. 그래서 그는 그녀의 자존심을 건드렸다.

"캐리, 이번 곡이 당신의 편곡이라는 걸 들었습니다."

"맞아요. 그게 문제가 되나요?"

"콘서트 버전 'Take Good Care' 좋습니다. 반응도 좋았죠. 하지만 이 버전이 시간이 상대적으로 짧은 제미스 무대에도 적합할지는 의문이 듭니다. 이 버전 그대로 제미스에 선다면 분명히 다른 가수들과 퀄리티에서 차이가 날 수밖에 없습니다. 작은 차이가 일류와 이류를 가른다는 걸 잘 알지 않습니까."

"……당신."

"편곡, 하겠습니다."

강윤의 흔들림 없는 모습에 캐리 클라우디아는 몸을 부르르 떨었다. 이렇게까지 자신의 뜻을 관철시키는 기획자는 지금까지 본 적이 없었다.

"하. 후회되네요. 왜 당신을 데려왔는지……."

그녀에게서 심한 말이 흘러나왔지만, 강윤은 차분히 그녀의 말을 받았다.

"최고의 무대를 위해 날 데려온 것 아닙니까?"

"……."

그녀는 강윤의 솔직함에 웃음을 터뜨렸던 한국에서의 일이 떠올랐다.

'이렇게까지 할 줄이야…….'

편곡을 하면 더 좋다는 걸 그녀라고 몰랐을까?

하지만 팀원들 누구도 그런 이야기를 하지 않았다. 중심인 그녀가 편곡하는 걸 싫어했기 때문이었다.

'……하아.'

캐리 클라우디아는 눈을 질끈 감았다.

강윤의 말에 반박할 여지가 없었다.

그는 사정없이 그녀를 밀어붙였고 선택을 강요했다.

"……알았어요. 편곡, 해요."

힘든 결정을 한 그녀의 머리를 식혀주듯, 시원한 바람이 옥상에 불어왔다.

"알겠습니다."

"대신……."

"최선을 다하겠습니다."

강윤은 강하게 고개를 끄덕이며 먼저 옥상을 내려갔다.

그의 뒷모습을 보며 캐리 클라우디아는 투덜거렸다.

"싫기는 한데, 믿음직하긴 하네. 쳇."

그녀를 위로하듯, 바람이 시원하게 불어오고 있었다.

♪ ♪ ♪

"메이슨. 신참 마스터가 캐리를 설득할 수 있을까?"

3층에 있는 스튜디오.

그곳에는 흑인 여성과 백인 남성이 믹서 앞에서 대화에 한창이었다.

"에이. 말도 안 돼. 우리도 못했는데, 그런 신참이 어떻게 캐리를 설득해? 쫓겨나지나 않으면 다행이지."

"역시 그렇지?! 팀장들끼리 10달러짜리 내기까지 했는데…… 흑."

"이거, 댄스팀은 여전하구만. 어디에 걸었는데?"

흑인 여성은 메이슨이라는 백인 남성의 말에 시무룩한 표정을 지었다.

"'편곡한다' 쪽에."

"아니, 왜?"

"팀장들 아무도 '안 한다'에 걸었거든. 어차피 인생 한방이잖아?"

"그런 말은 어디서 배운 거야?"

두 남녀가 깔깔대며 이야기를 하고 있을 때, 스튜디오 문이 열리며 두 사람이 들어섰다.

메이슨은 여유 있게 앉아 있다가 놀라 의자에 바로앉았다.

"캐리."

"메이슨. 있었네?"

"나야 항상 자리에 있지요. 여긴 무슨 일입니까? 제미스 무대도 있는데 곡이 필요할 리가 없고 편곡도 아닐 테고……."

편곡이라는 말에 흑인 여성이 눈을 동그랗게 뜨며 캐리 클라우디아의 다음 말을 기다렸다.

"그 설마가 진짜야. 편곡 좀 해줘."

흑인 여성이 경악에 찬 눈을 한 채 조심스레 나간 가운데, 강윤은 캐리 클라우디아의 앞에 나섰다.

"제미스 어워드 무대에 맞게 편곡을 해야 합니다. 시간이 촉박하니 가급적 빠르게 부탁합니다."

"혹시 이번 무대 마스터?"

"네. 이강윤입니다."

강윤은 그와 악수를 한 후, 본격적으로 편곡에 대해 이야기를 시작했다. 사내 최고의 편곡가라는 이름에 맞게 메이슨은 요지를 빠르게 파악했다.

캐리 클라우디아는 덤덤한 얼굴로 잘 부탁한다는 말만 남기고 스튜디오를 나가 버렸다.

"불꽃으로 그림을 그린다? 이번 디자인 보면 캐리가 좋아서 쓰러지겠군요. 그런데 제미스에서 설치가 가능할까요?"

메이슨은 무대 디자인을 이야기하는 강윤에게 깊이 몰입했다.

"가능합니다. 그보다, 자세한 무대 디자인을 보여드리지 못해서……."

"괜찮습니다. 저 정도의 편곡가면 그 정도 이미지면 충분해요. 불꽃 그림이라……."

이미지가 강하게 박혔는지, 그는 계속 강윤의 말을 되새겼다.

편곡에 대한 이야기를 마친 후, 강윤은 사무실로 돌아가 그의 일을 해나갔다.

다음 날.

"들었어? 'Take Good Care' 버전 바뀐다며?"

"신입 마스터 말이야, 물렁인 줄 알았는데, 완전 강단 있다던데?"

"캐리가 신입 마스터한테 설득당했다며?"

댄스팀을 시작으로 밴드팀, 장비팀에 이르기까지 이번 곡의 버전이 바뀐다는 소문이 파다하게 퍼져나갔다.

모두 편곡의 필요함을 알고는 있었지만, 누구도 그녀에게 말하지 못했는데, 낙하산인 줄 알았던 신입 마스터가 킹을 잡았다며 모두가 호들갑이었다.

한편, 오후에 강윤은 메이슨으로부터 새로운 버전의 곡을 받은 후 회의를 소집했다.

"다들 모이셨군요."

전날의 날선 분위기와는 다르게 오늘은 이상하게 안정되어 있었다.

댄스 1팀을 담당하는 팀장, 루크는 강윤을 호의적으로 바라보며 말했다.

"곡 버전이 바뀐다고 들었습니다."

"네. 죄송하지만 댄스팀은 조금 힘들지 모르겠습니다. 무대 분위기가 조금 달라져서 안무를 수정해야 할 것 같아서……."

"괜찮습니다."

강윤의 말이 끝나기도 전에 루크는 웃으며 답했다.

"우리는 안무를 짜고 맞추는 게 일입니다. 보다 좋은 무대를 만들기 위한 일 아닙니까."

"그렇게 생각해 주시면 감사하지요."

"하하하. 맡겨 주십시오. 우리 모두 같은 생각입니다. 그렇지?"

다른 댄스 팀장들도 루크와 마찬가지로 자신만만하게 웃으며 고개를 끄덕였다.

무대 디자이너, 켈린도 어제와는 달리 부드러운 어조로 말했다.

"제미스에서 협찬해 주는 장비들과 우리가 설치할 수 있는 장비들을 비교해서 오늘 올려드릴게요."

"네."

강윤이 지시를 내리기도 전에 팀장들 모두가 알아서 움직이고 있었다.

에너지 넘치는 캐리 클라우디아 못지않게 팀원들도 힘이 있었다.

새로 받은 곡을 재생하기 전, 강윤은 자신이 생각해 온 무대 장치에 대한 자료를 모두에게 보여주었다.

T자형의 무대에 불꽃으로 캐리의 외관을 그려 일으킨다.

제미스에서는 물론 개인 콘서트에도 나오지 않았던 화려한 장치에 모두가 경악했다.

"저기, 마스터. 이, 이게 가능합니까?"

특수 장치를 총괄하는 팀장, 레오가 걱정스러운 표정으로 물었다.

그러나 강윤은 확신이 있었다.

'가능한 회사가 있지.'

강윤은 회귀하기 전, 슈퍼볼 경기에서 처음 선보였었던 '파이어 스케치'라는 특수 장비를 떠올렸다. 그의 기억에 그것이 선보여진 년도가 2017년에서 2018년 즈음이었다.

지난번 미국 특수 장비 회사를 통해 한국으로 들여오려다 통관문제로 들여오지 못했던 장비들 중 이 장비가 있었다.

"네. 여기에 연락하시면 됩니다."

레오는 새로운 장치가 있다는 말에 눈을 빛냈다.

웬만한 특수 장비들은 다 꿰고 있는 줄 알았는데, 새로운 장비가 있다니…….

저마다 놀란 얼굴을 하고 있을 때, 강윤은 박수를 치며 모두의 시선을 모았다.

"곡을 들어보고 이야기를 계속해 보지요."

팀장들은 심드렁했던 이전과는 다르게 강하게 눈을 빛내며 회의에 집중해 갔다.

♭ ♪♪♪ ♫♫ ♪

VTNM 라디오 뮤직홀은 제미스 어워드를 위한 무대 설치로 분주했다. 무대를 공중으로 끌어 올리는 크레인을 비롯해 수많은 가수들의 요구를 수용하고 거부하느라 주최 측은 정신이 없었다.

제미스 어워드가 열리기 일주일 전.

주최 측의 무대 담당자인 테레스는 지금 설치 중인 무대장치 문제로 머리를 감싸 쥐고 있었다.

"불이 바닥에 그림을 그리고 일어난다? 안전에 문제는 없습니까?"

제미스 어워드 무대는 팬과 매우 가깝다.

그런데 불로 그림을 그린다? 과연 안전에는 이상이 없을까?

무대 디자인을 들고 있던 강윤은 차분히 답했다.

"1미터 이내로 접근하지만 않는다면 다칠 일은 없습니다. 설치하기 전, 수없이 테스트를 해봤고 이미 허가도……."

"그런 게 중요한 게 아닙니다. 사고의 위험이 조금이라도 있다는 게 문제죠."

테레스의 얼굴은 심각했다.

무대에 불을 이용한 특수 장비들은 굉장히 많았다. 콘서트도 아니고 이런 불확실한 장비의 사용을 허락해도 되는지, 그는 일주일 남은 시점에도 고민하고 있었다.

강윤은 그에게 서류를 꺼내 건넸고 핸드폰으로 동영상을 재생해 보여주었다. 이곳에 오기 전, 특수 장비 회사와 함께 찍은 테스트 영상이었다.

"저렇게 불꽃이 일어나는데……."

"온도를 보십시오."

그것은 불꽃으로부터 50㎝, 1미터, 2미터, 3미터 거리에서 온도를 잰 영상이었다.

2미터, 3미터는 평상시의 LA 온도인 18도가 나왔고 1미터에서는 약간 높았으며, 50㎝에서는 위험하다 생각되는 수준까지 올라갔다.

테레스는 실험 영상까지 보자 실소를 머금었다.

"……장비 때문에 실험영상까지 보게 될 줄은 몰랐습니다."

"그만큼 이 장치가 필요하다는 걸 알아주셨으면 합니다."

테레스는 캐리 클라우디아 공연의 책임자라는 이 동양인에 대한 인상이 강하게 남았다. 이런 열정을 가진 책임자가 있다면 가수는 걱정 없이 공연에만 집중할 수 있을 것 같았다.

"……결국, 안전에는 문제가 없다는 거지요?"

"네. 관객이 무대 위에 올라와 불에 뛰어들지 않는 이상 다칠 위험은 없습니다."

"알겠습니다."

테레스는 졌다는 얼굴로 담당자에게 전화를 걸었다. 파이어 스케치 장비 설치를 허가해 달라는 이야기였다.

"감사합니다."

"별말씀을. 나중에 또 뵙지요."

그렇게 우여곡절 끝에 장비가 설치되었다.

4일 전.

제미스 어워드 무대의 설치가 완료되었다. 무대설치가 끝나기가 무섭게, 가수들이 스케줄에 맞춰 리허설에 들어갔다.

캐리 클라우디아가 리허설에 들어간 건 2일 전이었다.

"샘! 동선 어때요?!"

"2팀이 너무 쏠렸어요!"

50명이 넘는 대 인원이 무대에 오르기에, 단번에 만족할 만한 성과를 얻는 일이 쉽지는 않았다.

강윤은 조명 디렉터 옆에 서서 무대 전체를 내려다보았다.

'캐리가 가려지는 느낌인데? 3팀도 좁은 느낌이고.'

강윤은 조명 디렉터에게 이야기해 조명을 조절하고 무전으로 3팀에게 퍼지라는 지시를 내렸다. 리허설인데도 무대는 전쟁터나 다름없었다.

우여곡절 끝에 동선을 맞춘 후, 리허설에 들어갈 수 있었다.

―When you feel so alone?

캐리 클라우디아의 낮은 목소리가 무대에 퍼져나갔다.

―When you find your heart?

그녀의 저음이 볼륨을 더해가더니 무대 바닥에서 불꽃이 움직이더니 사람의 형상을 만들기 시작했다.

―Take good care~~ of my heart~~

사람, 아니 캐리 클라우디아의 형상을 한 불꽃이 완성되자 무대가 천천히 올라오며 캐리 클라우디아가 무대에 모습을 드러냈다. 그와 동시에 불꽃이 일어나더니 그녀의 형상으로 만들어졌다.

"캐리, 괜찮아요?"

혹여 뜨겁지는 않을까.

강윤은 무전을 띄웠다.

그러자……

-O~~K~~~!

멜로디에 맞춘 OK사인이 떨어지자 스탭과 팀원들 모두가 크게 웃음을 터뜨렸다.

곧 불꽃이 사그라지며 천장에 달린 수십의 조명이 그녀 한 사람에 집중되었다. 그와 함께 사이키 조명들이 화려하게 터져 나오며 어둠 속에 보이지 않던 50명의 댄서가 모습을 드러냈다.

-I've waited~ for~ your love~

듣기에도 시원한 캐리 클라우디아의 목소리가 터져 나오는 가운데, 강윤은 그제야 안심하며 이마에 흐르는 땀을 닦았다.

'휴우. 이 정도면 본 무대도 걱정할 것 없겠어.'

무대에 환호를 보내는 준비팀을 뒤로한 채, 강윤은 안도의 한숨을 내쉬었다.

실제 같은 홀로그램을 보여주는 투명 스크린이 내려가며,

캐리 클라우디아의 리허설은 마무리 되었다.

　-수고들 했어! 와우!

　실제 무대도 아니었건만, 그녀의 목소리에는 흥분이 어려 있었다. 함께 무대에 선 밴드와 댄서들도 그녀와 별반 다르지 않았는지 얼굴이 잔뜩 상기되어 있었다.

　무대 위 사람들에게 일일이 악수를 하며 자신에게도 손을 흔드는 캐리 클라우디아에게 강윤도 가볍게 손을 흔들어주었다.

　그때, 음향 엔지니어가 캐리 클라우디아의 음향 세팅을 저장한 후 강윤에게로 눈을 돌렸다.

　"수고하셨습니다."

　강윤도 음향 엔지니어에게 고개를 숙이며 인사했다.

　짐을 챙겨 나가려는데, 말 한마디 없던 음향 엔지니어가 건조한 어조로 말했다.

　"……5년 넘게 캐리의 제미스 무대를 봐왔습니다만……."

　강윤이 호기심 어린 시선으로 바라보자 그는 믹서를 만지며, 담담하게 말을 이었다.

　"이렇게까지 캐리의 목소리가 맑게 나오는 걸 본 적이 없습니다. 무대가 참 좋은 것 같습니다."

　"그렇습니까?"

　"네. 탄력을 제대로 받은 것 같군요. 무대 책임자시죠?"

강윤이 긍정하자 엔지니어는 강윤에게 다가와 손을 내밀었다.

"멋진 무대 잘 봤습니다. 전 오스틴 제이커라고 합니다."

"이강윤입니다."

상황에 따라 부드럽게 소리를 조율하면서 무대 전체를 조율하던 엔지니어였다.

'그러고 보니 이 사람, 존재감이 거의 없었어.'

제미스 어워드같이 큰 리허설에서 엔지니어를 찾는 경우가 드물다?

그만큼 소리가 괜찮았다는 이야기였다.

강윤이 새로운 인연에 반가움을 표하고 있을 때, 장비들이 늘어서 있는 무대 뒤편으로 누군가가 달려왔다.

"헤이~! 거기!"

강윤과 오스틴은 큰 인기척에 소리가 난 곳을 돌아보았다.

그곳에는 작은 키에 바비 인형을 연상케 하는 금발의 여성이 악동 같은 표정을 짓고 있었다.

"저 말입니까?"

"맞아. 캐리하고 같이 온 사람, 맞지?"

"그렇긴 합…… 응?"

어디서 많이 본 가수였다.

'니콜 그레이시?'

강윤은 눈이 휘둥그레졌다.

제미스 어워드 리허설 장에 와서 여러 가수들을 봤지만, 이렇게 유명 가수와 이야기를 하게 될 거라곤 생각하지 못했다.

그의 당황하는 표정에 바비 인형을 닮은 여인, 니콜은 깔깔대며 웃었다.

"왜? 이렇게 예쁘고 유명한 내가 말을 걸어주니 영광이야?"

"……."

외모는 진짜 깨물어주고 싶은 소녀였다.

그런데 말투가…….

그러나 강윤도 수많은 연예인들을 상대하며 단련된 몸이었다.

"무슨 일이십니까?"

"재미없게. 내가 친히 와주셨는데."

"……캐리는 밑에 있습니다."

"알아. 알고 왔지. 이강윤 맞지?"

초면이었지만 그녀는 당당을 넘어 뻔뻔하기까지 했다.

그런데 이상하게 밉지 않았다. 그녀의 귀여운 외모나 말투가 한몫하는 듯했다.

"그렇긴 합니다만…… 무슨 일이십니까?"

"재미없게. 너무 딱딱하다. 코리안은 원래 재미가 없나?"

"······그것보다······."

"아아, 나 네가 무슨 말 하려는지 알아. 초면에 너무 예의가 없는 것 아니냐고? 난 원래 이래."

"저기······"

"미리 말하는데 27년 동안 이렇게 살아서 어쩔 수 없어. 그쪽이 이해해. 처음만 힘들지 적응되면 나 상당히 편한 여자다?"

"······."

강윤이 말을 하기도 전에 그녀는 혼자서 북과 장구를 모두 두드렸다.

'다른 의미로 굉장한 사람이군.'

결국 강윤은 개성이라 생각하고 넘어가기로 마음먹었다.

"아무튼, 무슨 일입니까?"

"아무 일도 없는데?"

"그렇군요. 그럼 나중에 뵙죠. 반가웠습니다, 니콜."

강윤이 덤덤하게 인사한 후, 짐을 챙기자 니콜은 깔깔대며 웃었다.

"하하하하하! 이야, 재밌다."

그런데 강윤이 니콜을 무시하고 계단을 내려가려하자, 그녀는 재빠르게 강윤 앞을 막아섰다.

"에헤이. 어딜 가시나."

"매인 몸이라서 말입니다. 일해야죠."

"맞다. 캐리하고 같이 일하지? 내 정신 좀 봐. 나 그 무대 보고 온 건데. 강윤, 나도 그거 해줄 수 있어? 불꽃 막 나오는 거?"

"네에?"

서둘러 무대로 내려가려 했던 강윤은 황당함에 입이 쩍 벌어졌다. 여러 사람을 만나봤지만 대놓고 뭔가를 해달라고 하는 사람은 드물었다.

"에이. 그렇게 딱딱하게 굴지 말고. 나 돈은 진짜 많⋯⋯."

"거기! 꼬마아! 그마안!"

강윤과 니콜이 계단에서 투닥거리고 있을 때.

다급히 계단을 오르며 캐리 클라우디아가 소리를 질렀다. 소리가 얼마나 컸는지, 주변 사람들이 모두 그녀를 돌아볼 정도였다.

주변에서 돌아보거나 말거나 캐리 클라우디아는 눈을 크게 뜬 채, 두 사람에게 다가왔다.

"강윤, 이 꼬마한테 이상한 말 들은 거 아니지?"

꼬마라는 말을 듣자 니콜도 질 수 없다는 듯 눈을 부라렸다.

"흥. 자기는 힘만 센 바보면서."

"너처럼 교양 없진 않습니다."

"힘으로 다 해결하는 것도 교양인가?"

"뭐야?! 이 꼬마가?"

"흥. 이 무식이 통통 튀는 게…….'"

두 사람 사이에서 불꽃이 튀자 강윤은 한숨을 쉬었다.

캐리 클라우디아와 니콜 그레이시.

서로를 디스하는 곡까지 내놓을 정도로 사이가 안 좋기로 유명한 두 사람이 이런 곳에서 만났으니, 으르렁 소리가 안 나오는 게 이상했다.

물론, 강윤도 휘둘리고 싶진 않았다.

"……캐리. 일단 절 찾아온 손님이니 들어보는 게 예의 같습니다."

"강윤. 난 싫은데."

"너 보려고 온 거 아니거든?"

두 사람이 다시 으르렁거리자 강윤은 짧게 한숨을 쉬며 한마디 쏘아붙였다.

"어른들이 유치하게 싸워 봐야 보기 안 좋습니다."

"뭐, 뭐?! 유치해?"

"너, 지금 그게…….'"

캐리 클라우디아와 니콜이 의외의 공격에 으르렁댔지만, 강윤은 아랑곳하지 않고 말을 이어갔다.

"여긴 보는 눈이 많습니다. 여기서 더 으르렁대면 언론은 분명 두 사람에 대한 이야기를 떠들어댈 것이 뻔합니다. 가

십거리를 제공하고 싶다면 전 빠져드리겠습니다. 두 사람 싸움에 새우등 터지고 싶은 생각은 없으니까."

"……."

"……."

결국 둘은 끙 소리를 내더니 어깨를 추욱 내렸다.

먼저 말을 꺼낸 건 캐리 클라우디아였다.

"알았어요. 대신 나도 같이 들어야겠어."

"야, 너 진짜……."

"같이 들으면 곤란한 이야기입니까?"

강윤이 묻자 니콜은 고개를 흔들었다.

"아니, 그건 아닌데……."

"그럼 같이 듣겠습니다. 양해해 주십시오."

"……알았어. 에이. 코리안, 지독하네."

니콜은 투덜거리며 그제야 용건을 이야기했다.

"별건 아냐. 그냥, 이거 주려고."

그녀는 강윤에게 작은 카드를 건넸다. 핸드폰 번호가 적힌 명함이었다.

강윤이 놀라 눈이 휘둥그레지고 강윤의 옆에 있던 캐리 클라우디아가 놀라 앞으로 나섰다.

"야, 너! 강윤을 빼가려고……?!"

"아니거든? 나도 매너는 있다? 강윤. 제미스 끝나고 연락

해. 이번 제미스 끝나고 남들이 침 바르기 전에 미리 발라두
는 거야. 그럼 안녕~"

니콜이 손을 흔들고 가버리자, 강윤은 그제야 어깨를 추욱
늘어뜨렸다.

'기분이 이상하네.'

최고의 스타에게 명함을 받았다.

오랜만에 강윤은 묘한 기분을 느꼈다.

"아우, 저게 진짜……! 강윤. 쟤하고 일하면 안 된다? 잡
아먹힐지도 몰라."

캐리 클라우디아가 쟤랑은 안 된다며 성화였지만, 강윤은
웃을 뿐, 명확한 답은 주지 않았다.

그렇게 리허설이 끝나고 며칠 후.

드디어 제미스 어워드가 시작되었다.

"그러게 언제까지 회사에 나갈 거예요?"

이한서 이사의 부인, 표지현은 회의가 있다고 회사에 갔다
가 힘없이 돌아온 남편의 모습에 속이 상한 듯, 한숨지었다.
남편이 힘없이 미소만 짓자, 그녀는 바로 차를 내왔다.

그가 좋아하는 차 중 하나인 대홍포였다.

"음."

차향을 음미하니 마음이 조금은 가라앉는 것 같았다.

그 모습에 속이 더 상한 듯, 부인은 한숨지으며 나가 버렸고 혼자가 된 이한서 이사는 씁쓸한 얼굴로 노트북을 켰다.

'갈수록 회사가 막장이 되어가니…….'

노트북 안에는 '대외비'라고 적혀 있는 문서들이 한 가득이었다. 회사 밖으로 유출해서는 안 되는 문건들을 그는 누군가의 메일로 옮기고 있었다.

Lee Kang Yoon(Worldman@yeanc.hamno)

Lee Hyun Ji(Worldwoman@yeanc.hamno)

* 스타타워 지분 보유 현황.

* 스타타워 프로젝트 자금 출처.

* 스타타워…….

평소라면 절대로 하지 않을 일들.

하지만 그는 벌써 수차례 이런 일들을 해나가고 있었다.

죄책감?

당연히 있었다. 회사를 팔아먹는 일이니까.

'됐다.'

전송 버튼을 누르고 그는 누가 볼세라 노트북을 껐다.

이미 차의 따스한 온기는 온데간데없이 사라진 지 오래였다.

'작년부터 현지 사장님이 MG 지분을 사들이고 있다고 했었지?'

자신이 준 정보를 기반으로, 월드는 움직이고 있었다.

드러나지 않게 천천히.

창가에 서서 차갑게 식은 찻잔을 든 그는 질끈 눈을 감았다.

'그래. 애들한테는 차라리 강윤 씨가 나아. 현지 사장님이나.'

창밖에는 눈 대신, 비가 창가를 적셔오고 있었다.

♪ ♩♪♩ ♩♫♩ ♪

D-Day.

제미스 어워드가 열리는 날, 아침.

강윤은 다른 팀원보다 일찍 출발했다. 보다 완벽하게 무대를 준비하기 위해서였다.

강윤은 먼저 도착한 후, 파이어 스케치 장치를 비롯한 다양한 무대 장치들을 살핀 후, 최종적으로 무대 콘티를 점검했다. 몇 번이고 같은 내용을 점검하는 강윤에게 엔지니어들이 혀를 내두를 정도였다.

강윤이 미안하다며 음료수를 건네는 성의를 보이자 그들

은 피식 웃으며 보다 강윤의 일을 적극적으로 도와주었다.

"……괜히 일찍 온 거 아냐?"

제 시간에 도착한 캐리 클라우디아는 리허설 때와 크게 변한 게 없는 것에 실망했는지 입술을 삐죽였다.

강윤은 그녀의 반응에 어깨를 으쓱이며 대기실로 이끌었다.

캐리 클라우디아 한 팀에게 배정된 대기실은 50명 이상의 인원이 한 번에 들어갈 수 있을 정도로 거대했다.

아니, 대기실이라기보다 농구장 정도의 규모랄까?

팀원들은 서로에게 메이크업을 해주고 안무도 맞춰보며 공연 시간을 기다렸다.

강윤도 모두가 알아서 착착 준비를 해가자 자리에서 일어났다.

"PD 좀 만나고 오겠습니다."

"이젠 쉬어도 되지 않아요?"

캐리 클라우디아가 고개를 갸웃했지만 강윤은 그렇지 않다며 손을 흔들었다.

"제가 뒤에서 받쳐줘야 캐리가 무대 위에서 200% 힘을 발휘하지 않겠습니까."

"오올. 맞네, 맞아요. 든든해."

"다녀오겠습니다."

강윤이 대기실을 나선 후, 캐리 클라우디아는 옆에서 옷을 챙겨주던 매니저, 빌에게 말했다.

"빌. 여기서도 저런 기획자가 있던가요?"

"글쎄요. 있기야 하겠죠? 찾기가 힘들어서 그렇지……."

"……나, 결정했어요."

빌이 의문을 표하자 캐리 클라우디아는 그윽한 미소를 지었다.

"다음 월드 투어, 꼭 저 사람이랑 할 거예요."

"……하아."

또 뜬금없이 한국에 가겠다며 때를 쓸 그녀를 생각하니 빌은 머리가 아파왔다.

한편, 강윤은 무대를 점검하는 PD와 대화를 나누고 있었다.

"장치는 이상 없습니다. 그런데 비싼 돈 들여서 불 장치에, 와이어에, 바닥엔 스크린까지 깔았는데…… 제대로 활용하는 사람이 캐리하고 제이밖에 없네요."

"감사합니다."

"최고의 위치에 어울리는 무대를 위한 거잖습니까."

PD는 자부심이 있는지 가슴을 펴며 크게 웃었다.

처음에는 웬 동양인이 이거저거 장비들이 필요하다며 설친다고 생각했었는데, 막상 리허설을 보니 그게 아니었으니.

"앞으로도 여기에 계십니까?"

"아니요. 아직은 예정이 없습니다."

"안타깝네요. 자주 뵙고 싶었는데."

PD는 진심으로 안타까운 얼굴을 했다.

불과 1달 조금 넘는 시간이었지만, 그가 일을 하는 과정들은 강렬한 임팩트가 있었다.

무대를 정리한 후, 드라이와 드레스 리허설이 지나갔다.

드디어 홀에 사람들이 들어오기 시작했다.

강윤과 팀원들은 대기실까지 들려오는 엄청난 관객들의 소리에 화들짝 놀랐다.

"……엄청나군요."

강윤이 혀를 내두르자 캐리가 피식 웃었다.

"그렇죠? 본 적 있어요? 20만 명?"

"……하하."

저 무대 관객으로 왔던 적이 있었다고 강윤은 굳이 말하지 않았다. 관객들의 소리가 점점 커져가자 와자지껄하던 팀원들도 차차 긴장감에 말을 잃어갔다.

10분 전.

마인드 컨트롤을 다지던 캐리 클라우디아가 모든 팀원을 불러 모았다.

"준비하느라 모두 고생 많았어요."

대기실 바닥마저 밖에서 들려오는 함성에 웅웅대는 듯

했다.

캐리 클라우디아도 긴장한 듯, 짧게 한숨을 쉬며 말을 이어갔다.

"저 수많은 사람들 앞에 서면 나도 온몸이 떨려요. 짜릿하기도 하지만 걱정도 되죠. 무대 위에선 나 혼자가 아니라, 여기 모두가 나, 캐리니까."

"……."

"모두, 잘 해봅시다. Go for it!"

"Go for it!"

모두의 마음이 모아진 듯하자, 캐리 클라우디아는 뒤에서 지켜보던 강윤에게 손짓해 자신 옆에 서게 했다. 강윤은 고개를 저었지만, 팀원들이 그를 잡아 그녀 옆에 세우는 통에 결국 오게 되었다.

"강윤. 아니, 마스터."

그녀는 손짓으로 강윤에게 한 마디 하라고 했다.

그는 괜찮다며 손을 젓다가 모두가 나서자 결국 입을 열었다.

"짧게 하겠습니다. 우선 절대 다치지 마십시오. 안전을 수없이 테스트했지만 불입니다. 조심, 또 조심하십시오."

"네!"

밖의 분위기에 지지 않을, 엄청난 소리가 터져 나왔다.

그에 힘을 얻었는지 강윤도 힘 있게 말을 이어갔다.

"무대 밖의 일은 걱정하지 마십시오. 여러분은 무대 안에서 최선을 다하시면 됩니다. 그 외 나머지는……."

강윤은 잠시 망설이는 듯하다가 눈에 힘을 주었다.

"저에게 맡기십시오. 우리, 최고의 무대를 만들어봅시다."

"예에~! 마스터!"

"예스으~!"

팀원들은 쓰고 있던 모자까지 던지며 강윤에게 환호했다.

강윤마저 얼떨떨해질 정도였다.

그러나 캐리 클라우디아와 매니저 빌, 그 외 함께 있던 관계자들은 이런 환호의 이유를 바로 알 수 있었다.

'이 사람은 진짜배기야.'

그렇게 대기실의 분위기는 강윤으로 인해 정점을 찍었고 모두는 그렇게 긴장과 부푼 가슴을 안고 무대로 나아갔다.

♩ ♪♩♪♩♪♩ ♪

음향 엔지니어 오스틴이 있는 곳으로 이동한 강윤은 캐리 클라우디아의 무대를 소개하는 동영상을 보며 침을 꿀꺽 삼켰다.

처음이 중요했다. 리허설을 수도 없이 했지만, 본무대에서 실수하면 말짱 도루묵이 된다.

오스틴은 긴장한 강윤에게 말없이 물을 건넸다.

"감사합니다."

그는 말없이 손을 흔들고는 다시 일에 집중했다.

곧 동영상이 끝나고 모든 조명이 꺼졌다. 수없이 모인 관객들의 웅성대는 소리도 잠시.

─When you find your heart?

낮은 저음의 힘 있는 여자의 목소리가 온 무대에 퍼져나갔다.

"와아아아아아아아아아~~!"

캐리 클라우디아의 목소리에 관객들이 열렬히 환호하기 시작했다. 그 환호에 답하듯, 바닥에서 불꽃이 일어나 사람 형상을 그리기 시작했다.

"저, 저거 뭐야?!"

"미친! 진짜 불이야?!"

불이 만들어내는 사람의 형상.

그건 다름 아닌 캐리 클라우디아의 모습이었다.

바닥을 빠르게 그려가던 불꽃은 곧 끈이라도 매달린 듯 바닥에서 일어났다.

"저거 뭐야?! 불이 일어났어?!"

"저기 불 밑에 뭐가 올라와! 사람인데! 캐, 캐리다!"

불이 거의 일어날 때 즈음, 바닥에서 천천히 캐리 클라우디아가 자신감 넘치는 미소를 지으며 모습을 드러냈다.

수영복을 연상하게 만드는 짧은 복장에 화려한 레이스. 모두가 그녀의 라인을 부각시키는 옷들이었다.

사람들 모두가 불꽃 아래에 있는 캐리 클라우디아에게 숨을 죽일 때, 그녀는 마이크를 들며 자신만만한 어조로 말했다.

"Are you ready?!"

"와아아아아아아아아아아~~!"

그와 함께 브라스와 함께 밴드가 일제히 터져 나오며 천장의 모든 조명들이 화려하게 빛을 발했다.

강윤은 대번에 금빛을 만들어내는 그녀의 모습에 감탄하며 팔짱을 끼었다.

'확실히 클래스가 다르구나.'

처음 목소리만으로 은빛을 내던 무대는 불꽃이 올라오면서 점점 금빛으로 변해가더니, 모든 악기들이 터져 나오자 찬란한 금빛으로 무대를 수놓았다.

관객들은 금빛에 호응하듯, 일제히 일어나서 손을 흔들고 소리치며 환호했다.

손을 바삐 움직이던 엔지니어 오스틴마저 관객들의 호응과 무대에 감탄했는지 강윤을 향해 엄지손가락을 들었다.

모든 댄서들과 밴드들이 등장한 무대는 축제의 장이었다. 모두가 한 동작으로, 캐리 클라우디아를 돋보이게 했으며 코러스는 화음을 넣으며 그녀의 목소리에 힘을 보탰다.

5분 남짓한 노래가 흘러갈수록, 금빛은 더더욱 짙어져갔다. 그 영향인지 이미 앞 열은 눈물을 흘리며 열광하고 있었고 뒤쪽 열마저 목이 쉬어라 캐리의 이름을 외치고 있었다.

금빛은 이미 관객들 모두를 뒤덮었다.

'……하하.'

이 엄청난 무대를 보면서도, 이상하게 믿기지가 않았다.

처음, 최고의 가수라는 세뮤얼의 무대를 보면서 언젠가 이런 무대에서 일하고 싶다는 생각을 했던 게 엊그제 같았는데…….

하지만, 강윤은 고개를 저었다.

'그래. 이건 리허설이다. 캐리는 원래 뛰어난 가수니까.'

자신이 먼저 온 것뿐이다.

강윤은 월드엔터테인먼트 식구들을 떠올렸다.

김재훈부터 에디오스, 인문희에 김지민, 하얀달빛…… 그리고 민진서까지.

'다음에는 함께 온다.'

강윤은 마음을 다졌다.

어느덧, 캐리 클라우디아의 무대는 절정을 넘어 끝을 향해

가고 있었다. 이마에 땀을 흘리는 댄서들부터 홀로그램과 함께 한 동작을 맞추고 있는 캐리 클라우디아, 그리고 그 모션에 오차 없이 반주를 더하는 밴드까지.

모두가 환상의 호흡을 자랑하고 있었다. 거기에 장치들도 그들을 더욱 빛내주고 있었다.

"와아아아아아아아아~~!"

환호가 절정으로 치달을 무렵, 무대의 조명이 사그라지며 댄서들이 돌아섰다. 캐리 클라우디아가 정면으로 나서며 목소리를 높이자 거짓말같이 모든 조명이 꺼졌다.

그리고 1, 2, 3.

−I've waited~~ for~ your love~~

"와아아아아아아아~~!"

다시 터져 나온 그녀의 목소리에 관객들은 열광했다.

그렇게 그녀의 제미스 어워드 무대는 천천히 마무리되어 갔다.

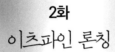

2화
이츠파인 론칭

"무슨 일이래?"

스튜디오에 들어온 정민아는 뚱한 얼굴로 커다란 스크린 앞에 앉으며 투덜거렸다. 강윤도 없는 상황에서 전원 소집이라니.

연습실에서 달려온 정민아는 마음에 들지 않았다. 트레이닝 복에 슬리퍼를 질질 끌고 그녀는 한쪽 구석, 이현아의 옆에 털썩 앉았다.

"왔어요?"

"네. 오랜만이네요. 잘 지냈어요?"

이현아는 손을 들어 정민아를 맞았다.

이전과 달리 정민아와 이현아 사이에 어색함은 많이 사라져 있었다.

김재훈은 이전과 달리 친해진 두 사람의 모습이 신기했는지 옆의 이삼순에게 속삭이듯 물었다.

"삼순 씨. 저 두 사람, 사이 안 좋지 않았어요?"

"그러게요. 전에는 못 잡아먹어서 안달이었는데. 같이 한잔 하면서 푼 것 아닐까요?"

"여자들은 참 알다가도 모르겠네요."

그가 고개를 갸웃하고 있을 때, 앞에 서 있던 이현지가 손뼉을 치며 시선을 모았다.

"모두 모였나요?"

"네!"

"문희 씨까지 다 왔군요. 다들 오느라 고생했어요."

인문희가 괜찮다며 손사래를 쳤고 이현지는 본격적으로 용건을 이야기했다.

"별일이 있는 건 아니고. 시청각 교육 때문에? 아니, 교육이라고 하기는 애매하군요. 아무튼 모두 함께 봤으면 하는 게 있어서 보자고 했어요. 일본에서 오느라 힘들었을 텐데, 문희 씨. 오게 해서 미안해요."

"아니에요. 당연히 와야죠."

위상이 완전히 달라졌지만, 인문희는 크게 달라진 게 없었다.

이현지는 만족하며 스크린에 영상을 재생했다.

"어? 캐리다."

한주연이 손가락으로 영상을 가리키자 김지민도 아는 척을 했다.

"저거 이번에 선생님이 한다는 그 공연 아닌가요?"

"맞아요."

이현지가 긍정하자 딴청을 피우던 정민아마저 스크린에 시선을 집중했다. 자신들의 사장이 최고의 가수와 최고의 공연을 만드는 모습에 관심이 안 갈 수가 없었다.

불꽃이 일어나고 홀로그램이 함께 춤을 추며 사방에서 몰아치는 듯한 사운드는 영상으로만 봐도 가슴을 꽉 죄어오는 듯했다.

"……."

"……."

영상이 끝나자, 모두가 숨을 죽였다.

세계 최고의 무대라는 제미스 어워드.

단순히 화려한 특수효과들만 펼쳐진 무대가 아니었다. 화려함에 정갈함, 거기에 가수와 무대의 모두가 함께 어우러진 최고의 무대였다.

잠시 멍하니 앉아 있던 김재훈은 가장 먼저 자리에서 일어났다.

"이사님. 죄송한데 먼저 일어나 보겠습니다."

"오늘 스케줄이 있었나요?"

"그건 아닌데…… 이대로 있으면 안 될 것 같아서요."

이현지가 허락하자 다음으로는 하얀달빛이 자리에서 일어났다. 이에 질세라 김지민이, 에디오스가, 먼 곳에서 온 인문희까지.

가수들은 갖가지 이유를 대며 썰물같이 스튜디오를 빠져나갔다.

그러나 이현지는 모두가 연습을 하러 갔다는 걸 대번에 눈치챘다.

'하여간, 그 사장에 그 가수들이라니까.'

순식간에 비어버린 스튜디오를 바라보며 이현지는 피식 웃어버렸다.

♪♫♪♪♫♫♪♪

팝 솔로 퍼포먼스 상.

올해의 노래 상.

올해의 레코드 상.

올해의 앨범 상.

캐리 클라우디아는 무려 4관왕을 차지하는 기염을 토했다.

하나의 상도 가져가기 힘들다는 제미스 어워드에서 4개

분야의 상을 휩쓴 것은 이례적인 일이라며 언론은 찬사를 보냈다.

"건배!"

캐리 클라우디아는 활짝 웃으며 잔을 들었고 팀원들도 활짝 웃으며 잔을 높이 들었다.

제미스 어워드에 참여한 모든 가수, 팀원, 스탭들까지 참여하는 뒤풀이 파티장은 활기가 돌았다. 가수들마다 자신과 함께한 팀원들과 친목을 다지기도, 다른 가수들과 공연의 뒷이야기를 나누며 파티는 점점 분위기를 더해갔다.

'확실히 여긴 여유가 있구나.'

듣긴 했지만, 직접 겪으니 문화충격이었다. 한국 가수들은 스케줄이다, 시간이 없다 등으로 이런 여유를 즐기지 못했으니까.

강윤이 홀로 술잔을 기울이고 있는데, 캐리 클라우디아가 다가왔다.

"혼자서 뭐하고 있어요?"

그녀가 잔을 내밀자 강윤도 자연스럽게 그녀와 잔을 부딪쳤다. 잔 부딪히는 소리가 아름답게 퍼지자 강윤은 술을 입가에 가져갔다.

"그냥 생각할 게 있어서요."

"에이. 설마 벌써 모니터링하고 있던 거는 아니죠?"

"캐리, 그건……."

캐리 클라우디아는 웃으며 말했다.

"여유. 여유. 지금은 즐겨요. 봐요. 다들 즐기고 있잖아요."

그녀는 강윤의 어깨를 감싼 후, 함께 주변을 돌아보았다.

강윤도 웃으며 알겠다며 고개를 끄덕였다.

"그렇군요."

"그래요, 그러니까……."

"이 바보. 또 사람 곤란하게 하고 있네?"

그때, 그들의 옆에서 인기척이 들려왔다. 돌아보니 작은
키의 바비 인형 같은 외모, 니콜이었다.

"뭐야, 꼬마?"

"뭐야는 뭐야. 이 키만 큰 바보가."

"흥. 집에 가서 엄마하고 놀아."

두 사람은 얼굴을 보자마자 으르렁대기 시작했다.

니콜은 콧방귀를 뀌며 시선을 강윤에게로 돌렸다.

"내가 했던 말, 생각해 봤어?"

"그게……."

"이봐."

무시를 당한 캐리 클라우디아는 제대로 화가 났는지 눈에
불을 켰다.

"이 꼬마가. 오늘 같은 날에는 조용히 넘어가려 했는데……."

"그럼 계속 조용히 넘어가시지. 방해하지 말고."

"뭐야?"

두 사람의 눈가에 불꽃이 튀기 시작하자 강윤은 고개를 절레절레 흔들었다.

'하아⋯⋯.'

이곳 스타들은 지나치게 솔직하다더니⋯⋯.

강윤은 머리를 흔들며 조용히 두 사람에게서 벗어났다.

그걸 아는지 모르는지, 두 사람은 설전을 벌이기 시작했다.

잔을 들고 돌아다니던 중, 강윤은 자신을 향해 손을 흔드는 남자, 오스틴을 발견했다.

그는 어떤 남녀와 함께 잔을 들고 이야기를 나누고 있었다.

"강윤. 어서 와요. 잘 됐군요. 마침 그쪽 이야기를 하고 있었는데."

"제 이야기 말입니까?"

강윤이 의문을 표하자 오스틴은 두 남녀에게 강윤을 소개해주었다.

"인사해요. 이쪽은 줄리아 뷰리엣. 팀 블루데이의 보컬이죠. 아까 봤었죠? 여긴 로이델 제이커스. 컨트리의 대가죠. 줄리아, 로이델. 이쪽은 이강윤. 캐리의⋯⋯."

모두 하나같이 유명한 가수들이었다.

인사를 나눈 후, 줄리아가 무뚝뚝한 목소리로 말했다.

"이번 캐리 공연이 정말 인상적이었어요. 캐리 공연만 4년? 5년? 여러 번 봤었는데 이번 공연이 최고였던 것 같군요. 퍼포먼스 상이야 말할 것도 없고…… 캐리가 아무나하고 일하지 않는다는 말이 이제야 실감나는군요. 사실 동양인을 불러와서 소문이 꽤 자자했었는데……."

"소문?"

강윤의 물음에 로이델이 남자치고는 높은 목소리로 답했다.

"새로 생긴 애인이 동양인이라는 소문."

"풉."

강윤은 순간 당황스러웠다.

하긴, 생각해보면 그런 오해를 할 법도 했다. 자신도 갑자기 한국에 찾아온 그녀가 황당하긴 마찬가지였으니까. 다른 사람들이라고 오죽했겠는가.

강윤은 오해라며 웃어넘기고는 그들과 이야기를 하며 친목을 다졌다.

가수들이다 보니 이야기는 자연스럽게 음악으로 흘러갔다. 그들은 의외로 음악에 대해 이야기가 통하는 강윤에게 놀랐는지 눈을 동그랗게 떴다.

"요즘 무대 기획자들은 음악도 합니까? 인상적이군요."

로이델이 묻자 강윤은 웃으며 답했다.

"꼭 그렇진 않습니다만, 여러 가지를 알아두면 도움이 되지요."

"흠…… 어쩐지. 센스가 있더라니."

단순히 특수 장치를 덕지덕지 바르게 하는 것이 좋은 기획자가 아니었다. 적절한 때에 적절한 장치가 나오고 좋은 소리를 뽑아낼 수 있도록 하는 것, 그것이 좋은 기획자의 역량이다.

그들의 판단에 눈앞의 동양인은 그런 역량을 확실히 갖추고 있었다.

두 가수는 자연스럽게 핸드폰을 들었다.

"번호 찍어주세요."

강윤은 웃으며 그들에게 번호를 찍어주었다.

두 가수와 번호를 교환한 후, 강윤은 오스틴과 파티장을 돌며 여러 가수들과 인사를 나누었다.

캐리 클라우디아의 공연으로 많은 가수들이 강윤에게 호의를 가지고 있었다. 그들 중 몇몇은 강윤에게 명함을 주기도, 번호를 주기도 했다.

그렇게 파티는 밤새도록 계속되었다.

스타타워가 오픈한 지 1개월이 흘렀다.

MG엔터테인먼트는 한국에서 처음으로 만들어진 스튜디오 형 사옥이라며 대대적인 홍보를 했다. 스타를 활용한 상품부터 그 스타의 모든 것을 보고 느끼며 즐길 수 있다며 사람들도 큰 관심을 보였다.

특히 중국과 일본 등의 해외 쪽 관심이 폭발적이었다. MG 최고의 스타 주아를 내세워 캐릭터 상품을 판매했고 마치 박물관처럼 꾸며놓아 볼거리도 풍성하게 제공했다.

그렇게 스타타워는 사람들의 관심 속에 회사의 희망으로 솟을 거라며 모두가 입을 모았다.

그런데…….

"자, 잠깐? 뭐라고?! 유, 유로스가 리모델링에 들어간다고?!"

원진표 사장은 비서의 보고를 받고 자리에서 벌떡 일어났다.

"그, 그게 한 달 뒤에 리모델링에 들어간다고……."

"이렇게 갑자기 그런 게 말이 되나? 못해도 6개월 전에는 말이 나왔어야지?"

원진표 사장은 하늘이 노래지는 기분을 느꼈다.

한 달에 융자로 인해 나가는 돈이 어마어마했다. 스타들이 벌어들이는 돈은 그 융자를 갚는데 바로 지출되었고 스타타워로 얻는 수익은 운영비로 쓰이는 형편이었다.

그런데 한 축이 기운다면 엄청난 타격이 될 게 뻔했다.

곧 이사회의가 소집되었다.

정현태 이사를 비롯한 모든 이사들이 원진표 사장의 이야기를 듣고는 얼굴이 하얗게 질려버렸다.

"……아무도 몰랐단 말입니까?"

원진표 사장의 자조 섞인 말에 누구도 고개를 들지 못했다. 그는 기가 차서 헛웃음을 지었다.

"지금 리모델링을 하면 스타타워로 향하는 입구 자체가 막힙니다. 물론 다른 곳으로 뚫어주겠지만 아주 불편해지겠죠. 우리가 편리한 방향으로 입구를 뚫을 재력도 없고…… 정 이사."

"네, 사장님."

"알고 있었습니까?"

원진표 사장이 날선 눈으로 바라보자 그는 꿀 먹은 벙어리가 되었다.

리모델링이라니, 사실 그도 전혀 듣지 못한 이야기였다.

"죄송합니다. 유로스 측과 그동안 이야기를 해왔어도 전혀……."

"지금 그게 할 말입니까! 책임자잖습니까!"

"……."

정현태 이사는 리처드를 바라보았다.

'그동안 수고했습니다.'

이사들에게 온갖 질타를 받는 정현태 이사를 보며 리처드는 고개를 절레절레 흔들었다.

미국 일정을 마치고 강윤은 한국으로 귀국했다.

한 달 이상 자리를 비웠기에, 강윤은 다급한 마음에 파티를 마치자마자 비행기를 타고 도망치듯 귀국해야 했다.

"그냥 나랑 일하자니까?"

가기 전 니콜을 떼놓는 게 쉽지 않았지만, 강윤은 다음을 기약하며 간신히 그녀를 떼어놓을 수 있었다.

강윤이 캐리어를 끌고 입국장을 나서는데, 얼굴을 스카프로 감싼 두 여인이 강윤에게 조용히 다가왔다.

"너희들……."

"쉿."

두 여인을 보며 강윤은 기가 차 웃음을 지었다.

두 사람 모두 바바리코트에 스카프로 온몸을 가리고 있었다. 도저히 누구인지 알아볼 수 없었지만 강윤은 분위기로 대번에 알아챘다.

"민아, 진서. 너희들……."

"역시!"

정민아가 힘껏 강윤의 허리를 끌어안자, 민진서의 눈에 불꽃이 튀었다. 강윤은 놀라 그녀를 떼어 놓으려 했지만, 그녀는 더더욱 강하게 강윤의 허리를 죄었다.

"와우! 진짜 아저씨다! 히힛."

"……그래, 나 맞으니까 일단……."

"아잉."

정민아는 어울리지 않는 애교까지 부리며 반가움을 표했다. 마치 고양이 같은 그녀의 모습에 민진서는 기가 막힐 뿐이었다.

하지만 그녀도 만만치 않았다. 당당하게 팔짱을 끼며, 그녀는 강윤을 이끌었다.

"가요, 선생님."

"어? 어……."

"괜찮아요. 어차피……."

그녀는 소리 나지 않게 '내 거니까'라고 말하고는 강윤을 이끌고 주차장으로 향했다.

'진서는 가끔가다 무섭단 말이지.'

강윤은 고개를 절레절레 흔들었다.

입국장에서도 난리였지만, 세 사람은 주차장에서도 홍역을 치렀다. 서로 운전을 하겠다며 여자들이 운전석을 차지하기 위한 전쟁을 벌였기 때문이었다.

결국 강윤은 여자들을 뒷좌석으로 몰아버리곤 자신이 운전석에 앉았다.

"내가 해도 되는데."

"나도 잘 하거든?"

"언니 스타일이면 서해바다 행이에요."

"반사."

"반반사."

뒷좌석에서도 민진서와 정민아의 전쟁은 끊이질 않았다. 두 사람의 티격태격하는 모습에 강윤은 웃음이 나면서도 기가 막혔다.

이럴 때는 화제를 돌리는 게 제일이었다.

"진서야. 학교는 어떻게 됐어?"

"학교요? 당연히 3개 다 붙었죠. K대학에 가기로 했어요."

"그래? 파티해야겠네."

"그렇잖아도 선생님 오시면 하기로 했어요. 시간 잡아서 연락드릴게요."

학교 이야기에 정민아도 질 수 없다는 듯, 끼어들었다.

"미국에서는 어땠어요? 스타들 사인 많이 받았어요?"

"사인? 사인은 별로 못 받았어."

"그래요? 이상하네."

정민아가 고개를 갸웃하자 강윤은 핸들을 꺾으며 말을 이었다.

"대신 이런 것만 잔뜩 주더라."

강윤은 주머니에서 카드 같은 것들을 잔뜩 꺼내 보여주었다. 하나같이 영어로 된 명함들과 연락처들이었다.

정민아와 민진서는 눈을 휘둥그레 뜨며 강윤에게 손가락을 들었다.

"……역시. 대단해요."

여자들의 칭찬은 남자의 어깨를 들썩이게 하는 법.

강윤도 그랬다.

"고마워."

"그래서……."

하지만 민진서와 정민아는 누가 질세라 강윤과 이야기를 하고 싶어 안달이었다.

'물과 기름같구만.'

민진서와 정민아.

강윤은 두 사람의 불꽃 튀는 모습에 한숨이 나왔다.

그래도 최근 이현아와 정민아가 잘 지낸다는 걸 알고 희망도 함께 가졌다.

회사에 도착한 후, 강윤은 바로 사무실로 향했다.

"고생하셨어요."

사무실 사람들과 이현지는 강윤을 반갑게 맞아주었다.

강윤은 모두에게 선물을 나눠준 후, 이현지와 마주 앉았다.

"오자마자 심각한 이야기를 해야 할 것 같네요."

이현지의 말에 강윤은 차분하게 고개를 끄덕였다.

"MG 때문이군요."

"네. 삐거덕하는 정도가 심해졌거든요."

강윤은 몸을 기울여 이현지의 이야기에 집중했다.

"유로스 쇼핑몰이 리모델링에 들어간다는 이야기 들으셨나요?"

이현지의 물음에 강윤은 고개를 끄덕였다.

"들었습니다. 그런데 이상한 것이 한두 가지가 아닙니다. 분명 스타타워가 가져다주는 유로스 쇼핑몰의 이익도 엄청날 텐데……."

"리모델링이 필요하긴 했죠. 유로스 쇼핑몰이 낙후되긴 했었으니까. 하지만 시기가 너무 안 좋군요. 자리를 잡기까지 1년은 기다려 줘야 하는 건데……."

이현지는 쓴웃음을 지었다.

MG를 생각하면 여러 가지 감정들이 함께 교차되었다.

강윤은 그녀가 꺼낸 서류들을 살피며 말했다.

"스타타워 가격은 7천억이군요. 세금에 부대비용까지 살피면 가격은 더 올라가겠군요."

"네. MG 최고 최후의 재산이기도 하죠. 주아가 그동안 벌어들인 소득은 모조리 저 괴물이 빨아들였다고 해도 틀린 말이 아니네요."

"그런데 저걸 누가 사겠습니까. 저렇게까지 크게 지을 필요는 없었는데……."

"위치는 나쁘지 않으니까, 살 수도 있죠. 하지만 요즘 경기라면……."

이현지는 고개를 절레절레 흔들었다.

스타타워에서 얻는 소득이 없으면 MG는 어려운 시기를 보내야 할 게 분명했다.

"여유 자금으로 MG 지분 관련 일은 어느 정도 돼가고 있습니까?"

"아, 그거요? 빡빡하기는 하지만 열심히 끌어 모으고 있어요. 조금만 있으면 주주총회에 참여할 수 있는 지분을 모을 수 있을 것 같네요."

"이 일은 여차하면 접어야 합니다. 그러니까……."

"알고 있어요. 빨리 팔아버리라는 거죠? 손해를 볼 수도 있으니까?"

강윤의 걱정에 이현지는 몇 번이나 걱정 말라고 고개를 끄덕였다.

막 비행을 마치고 온 강윤은 무척 피곤했다.

그러나 그는 바로 일어나 연습실과 스튜디오에 들렀다.

"……여름쯤 음반을 내고 싶어요."

연습실에서 한창 연습을 하던 이현아의 말에 강윤은 그녀의 어깨를 두드리며 허락했다.

"알았어. 곡은 준비됐어?"

"아직 준비 중이에요. 다 되면 들려드릴게요."

이현아는 자신만만했다.

이제는 강윤을 봐도 괜찮은 듯, 그녀는 담담한 얼굴이었다.

김지민은 최근 박소영이 출연하는 예능 프로그램 '셀렉토'에 함께 출연한다며 한창 작곡과 편곡 공부를 하고 있었다.

"사장님."

"선생님!"

두 사람은 강윤을 보자마자 반가워하며 자리에서 일어났다.

강윤이 두 사람이 만든 곡을 듣고는 간단하게 조언을 해주었고 두 사람은 더 탄력을 받았는지 작업에 몰입해갔다.

"여기를 F로……."

"어어? 좋다!"

박소영과 김지민이 즐거워하는 모습을 보며 강윤은 스튜디오를 나서 집으로 향했다.

김재훈의 마중을 받은 강윤은 샤워를 한 후, 방으로 들어갔다. 바로 침대에 눕고 싶었지만 강윤은 컴퓨터를 켰다. 그리고 에디오스 팬 페이지부터 은하, 하얀달빛 등의 온라인 여론을 살피고 월드 홈페이지에 올라온 팬들의 의견을 읽어갔다.

—에디오스 이번 앨범 완전 좋아요! 민아 언니 최오!

—ㄲㄲㄲㄲㄲㄲㄲㄲㄲㄲㄲㄲㄲㄲㄲㄲㄲㄲㄲㄲㄲ

—ㅋㅋㅋㅋㅋㅋㅋㅋㅋㅋㅋㅋㅋㅋㅋㅋㅋㅋㅋㅋㅋㅋㅋ

강윤은 자신의 과거와는 판이하게 달라진 정민아의 팬 유형에 웃음이 나왔다.

'이렇게 골고루 사랑받기도 쉽지 않은데. 대단해.'

에디오스, 특히 정민아의 인기는 대단했다. 다른 멤버들의 인기도 높았지만 정민아의 인기는 독보적이라 할만 했다.

'그나저나……'

정민아에 대해 생각하다 보니 걸리는 게 있었다.

민진서와 자신의 관계를 그녀에게 알려야 할지에 대한 여부였다.

'말을 할 수도 없고 안 할 수도 없고…….'

그 누구도, 심지어 이현지조차도 알지 못하는 관계.

그런데 변수가 이리도 가까이 있을 줄은 몰랐다.

'민아가 싫다고 떨어질 애도 아니고…….'

오랜 기간 봐왔기에 강윤은 정민아가 어떤 성격인지 알았다.

그녀는 매우 강했다. 한번 마음먹으면 포기할 줄 모르는, 그런 여인.

'가만히 있을 수도 없고 휴우. 그래. 조만간…….'

강윤은 독하게 마음을 먹었다.

모두를 위해서 선을 지키게 하는 것이 좋겠다고. 당분간은 힘들겠지만 그게 최선이라고.

생각을 정리한 후, 침대에 누운 강윤은 복잡한 생각을 애써 떨치며 긴 하루를 마무리했다.

시차 적응이 되지 않아 피로가 남아 있던 강윤은 잠을 설친 채 회사로 출근했다.

"감사합니다."

이현지가 타 주는 커피를 받으며, 두 사람은 나란히 창가에 섰다.

그녀는 김이 올라오는 커피를 여유 있게 넘기며 막 떠오르는 해를 바라보았다.

"오늘 파인스톡에서 사람들이 올 거예요."

"이츠파인 때문이군요. 아직도 허가가 지지부진합니까?"

강윤의 물음에 이현지는 쓴 얼굴로 답했다.

"……네. 그렇잖아도 그것 때문에 오는 거예요."

"쉽지 않군요. 이번에도 허가가 안 나면 프로젝트 자체가 흔들리게 됩니다. 중국 등 해외 진출 건은 어떻게 됐습니까?"

이현지가 고개를 흔들자 강윤은 한숨을 내쉬었다.

그러나 그는 그녀를 타박하거나 하지는 않았다.

"처음부터 쉽지는 않을 거라고 생각했습니다. 좀 더 돌아간다고 생각하지요."

"……."

이현지는 알았다며 고개를 끄덕였다.

그녀가 담당한 많은 일들은 성공적이었지만 이츠파인만은 유독 지지부진했고 그것은 가슴에 얹힌 돌덩어리처럼 그녀를 짓누르고 있었다.

하지만 그의 말이 조금이나마 마음을 편하게 해주었다.

"만약에 안 되도 뭐…… 다른 걸로 다시 하면 되니까요. 돈이야 뭐……."

"……돈 버는 것도 쉽지 않아요."

이현지의 투덜거림에 강윤은 웃으며 어깨를 으쓱였다.

"망한 것도 아니잖습니까. 너무 연연하지 맙시다."

결국 이현지도 웃음을 터뜨렸다.

얼마 있지 않아 출근한 직원들이 난데없이 웃고 있는 이현지에게 의문을 표했지만 강윤은 손을 벌릴 뿐, 이유는 가르쳐주지 않았다.

오후가 되어 파인스톡의 한세연 사장과 이츠파인 총 책임자, 전형택 부장이 월드엔터테인먼트를 찾아왔다.

하세연 사장과 전형택 부장은 마음고생이 심했는지 얼굴이 핼쑥해져 있었다.

"……그간 많은 일이 있었군요."

강윤의 말에 하세연 사장은 짧게 한숨을 쉬며 찻잔을 빙빙 돌렸다.

"신세 한탄을 하고 싶지는 않지만…… 적잖이 일이 있었어요. 그쪽에서 요구하는 대로 서류 조건 갖추랴, 규모 맞추랴 등등…… 만만한 작업들이 아니니까요."

"심사 규정이 빡빡하던가요? 조건은 거의 다 맞춘 것 같습니다만……."

그러자 전형택 부장이 서류를 강윤에게 보이며 답했다.

"네, 사장님. 사실, 이번에 탈락한 이유가 이해가 가지 않는 면이 더 많습니다. 아무래도 33%라는 음원배분 비율을 좀 더 높여야 하지 않을까 생각……."

"그건 안 됩니다."

강윤이 단칼에 잘라 버리자 전형택 부장은 민망해졌다. 그가 헛기침을 하자 강윤은 차분히 말을 이어갔다.

"지금까지 탈락했던 이유가 33%라는 배분이 이유일 겁니다. 45%와 33%. 우리는 33%에서 점진적으로 가져가는 비율을 줄여가야 합니다. 그래야 가수들도 음악으로 먹고 살 수 있고 전체적인 시장도 튼튼해질 테니까요."

"사장님, 하지만……."

"미안합니다."

강윤은 단호했다.

분위기가 팍팍하게 돌아가자 이현지가 나섰다.

"합당한 명분이 필요하지 않을까요? 절대로 거절할 수 없는 명분."

"명분이라…… 가수들이 이 업체를 원한다? 뭐 이런 거요?"

하세연의 말에 강윤이 무릎을 쳤다.

"괜찮군요. 이런 조건이라면 가수들도 좋아할 겁니다."

"결국 여론전이군요."

이현지는 이마를 짚었다.

기존 업체들은 큰 힘을 가지고 있는 통신사들이다. 그들을 상대로 여론몰이를 할 수 있을지, 모두가 걱정하는 눈치였다.

그러나 강윤은 괜찮다며 모두의 마음을 다졌다.

"쉽진 않을 겁니다. 그들이 자본도, 힘도 우위에 있으니까요. 그러나 우리도 열심히 해왔잖습니까. 얼마 남지 않았으니까 최선을 다해 봅시다."

강윤의 말에 모두가 강하게 고개를 끄덕였다.

다음 날.

강윤은 남훈을 만나기 위해 그의 소속사, 훈스엔터테인먼트를 찾아갔다.

"33%?"

가요계의 대선배이자 정상에 있는 트로트 가수 남훈은 강윤의 말에 눈이 휘둥그레졌다.

"허, 지금 그 말. 농담이 아닌 게지요?"

"선생님 앞에서 농담을 하겠습니까."

"허, 45%에서 33%라……."

강윤은 힘 있는 어조로 설득을 이어갔다.

"그동안 가수들이 아무리 열심히 노래를 만들어도 음반으로는 수익을 얻지 못하는 구조였잖습니까. 유통사가 가져가는 비율이 워낙 크다는 말이 그동안 많았습니다."

"그렇지, 맞아요. 사람을 고용하고 홍보도 해주며 대신 해주는 게 많다는 이유였죠. 그런데 실질적으로 보면 추가로

비용을 더 지불해야 하고…… 문제가 많았지만 대체할 수단이 없었죠. 그런데…….”

새로운 음악서비스가 나온다. 그것도 가수들에게 좀 더 많은 이익을 돌려주는 시스템이.

남훈은 더 말하지 않고 강윤의 편을 들어주었다.

“내 도움이 필요하면 말만 해요.”

“감사합니다. 곤란한 입장에 처하실 수도 있으실 텐데…….”

“괜찮습니다. 이젠 은퇴해도 괜찮아요. 후배들 생각도 해야지.”

강윤은 남훈에게 깊이 고개를 숙이고는 다음 가수를 만나기 위해 밖으로 나섰다.

이런 식으로 강윤은 여러 가수를 만나 이츠파인이라는 음원 서비스를 알리고 도움을 요청했다. 대부분의 가수들은 음원 배분비율이 높아진 이츠파인을 반기며 강윤에게 협조적으로 나왔다.

물론, 반대하는 이들도 있었다.

“……죄송해요. 저희 사장님 뜻도 있고.”

“괜찮아요. 이해합니다.”

예랑엔터테인먼트 소속 연예인, 장효지나 윙클의 멤버, 크렌벅스 등이었다. 거기에 MG 소속 연예인들도 회사의 뜻에 반할 수는 없다며 강윤의 부탁을 들어주지 않았다.

그러나 그들 외에는 대부분의 가수들이 강윤의 뜻을 지지하며 사인을 해주었다.

"여기 있습니다."

강윤은 이현지에게 한 뭉치의 사인더미를 건넸다.

서류를 빠르게 넘겨본 이현지는 반색하며 기쁨을 표시했다.

"수고하셨어요, 사장님. 매니저들이나 가수들한테 부탁해도 될 텐데……."

"이런 일은 우리가 해야지요. 애들도 바쁜데."

이현지는 서류를 자신의 책상에 넣어두고는 열쇠로 잠갔다. 이 서류는 다음 심사 때 엄청난 힘을 발휘하게 될 것이다.

"기자들은 잘 만나보셨습니까?"

"네. 다행히 이야기가 잘 됐어요. 얼마나 효과가 있을지는 모르겠지만 그래도 이목을 끌 수는 있을 거예요."

파인스톡 측에서도 혹여나 자금 유동성 문제나 시스템 문제를 들고 나올 수 있기에 여러 가지로 점검을 하고 있다고 했다.

강윤은 이번에야말로 기어이 이츠파인을 론칭하고야 말겠다고 결심하고는 전 방위로 준비에 박차를 가했다.

"야야. 말 들었어?"

"정 이사님이 유로스 리모델링도 모르고 스타타워 건설 밀어붙였다는 거?"

"미쳤지, 미쳤어. 하긴, 이젠 이사도 아니지?"

MG엔터테인먼트 직원들은 모이기만 하면 최근에 있던 유로스 쇼핑몰의 리모델링 이야기를 하곤 했다. 유로스 쇼핑몰의 리모델링 건도 모르고 스타타워 프로젝트를 밀어붙인 건 엄청난 일이었다.

주변이 황량한데 건물만 우뚝 솟아봐야 누가 찾아오겠는가?

정현태 이사는 결국 책임을 지고 이사 자리에서 물러나야 했다.

"……젠장."

짐을 싸면서 정현태 이사는 이를 부드득 갈았다.

사장이 되는 걸 꿈꾸고 그의 말이면 뭐든 들었지만 그 결과는 뒤통수를 거하게 얻어맞는 걸로 돌아왔으니.

이후 그를 수십 번도 더 찾아갔지만 그림자도 찾아볼 수 없었다.

"누구야?!"

짐을 싸서 나가려는데, 뒤에서 인기척이 났다.

인상을 쓰며 돌아보니 뜻밖의 인물, 이한서 이사가 서 있었다.

"자네⋯⋯."

"마중하는 사람도 없는 겁니까?"

"⋯⋯."

정현태 이사는 말문이 탁 막혔다.

하지만 그는 입꼬리를 들어 올리며 답했다.

"왜? 비웃어주려고 왔나?"

"그렇게 본다면 그럴 수도⋯⋯."

"뭐야?!"

정현태 이사는 들고 있던 박스를 던져 버리곤 이한서 이사의 멱살을 잡았다.

그러나 이한서 이사는 담담한 표정으로 말을 이어갔다.

"이게 다 무슨 소용입니까."

"⋯⋯."

"정 이사님. 다 부질없는 겁니다. 우리끼리 이래봐야⋯⋯."

정현태 이사는 팔을 부르르 떨다가 손을 놓았다.

이한서 이사가 옷맵시를 바로 할 때, 정현태 이사는 인상을 쓰며 바닥의 짐들을 다시 주워 담기 시작했다.

"미리 말하는데, 난 할 말이 없어. 비밀유지 서약서도 다

썼고…….”

“저도 그냥 온 겁니다.”

“…….”

이후 두 사람은 별다른 말이 없었다.

이한서 이사는 비서조차 돕지 않는 짐정리를 끝까지 도왔다.

주차장.

짐을 모두 정현태 이사의 차 트렁크에 실은 이한서 이사는 이마에 흐르는 땀을 닦았다.

“휴우. 모처럼 몸을 움직이니 힘들군요.”

“……이러는 이유가 뭔가?”

“이유? 이유라면……?”

정현태 이사는 그를 지긋이 바라보았다.

옛날부터 속을 알 수 없는 인사였다. 착한지, 사악한지.

처음에는 존재감조차 희미했지만 언젠가부터 앞에서 사사건건 반대표를 던지고 나섰다.

그런데 이제는 아무도 하지 않는 자신의 배웅까지 하고 나서다니, 그는 도무지 이한서라는 캐릭터가 이해가 가지 않았다.

“우리가 이유 없이 이런 행동을 할 사람들인가?”

정현태 이사가 역정까지 냈지만, 이한서 이사는 그를 친히

차에까지 태우며 끝까지 별다른 말을 하지 않았다.

"……자네."

"나중에 제 찻집에나 한번 찾아오십시오."

"허……."

정현태 이사는 입술을 꾹 깨물더니 결국 시동을 걸어 주차장을 나섰다.

그의 뒷모습을 보며 이한서 이사는 짧게 한숨을 내쉬었다.

"……씁쓸하네."

항상 대척점에 있었지만, 정 이사의 이런 말로를 보는 건 기분이 좋지 않았다.

그는 한참 동안이나 멍하니 주차장 입구를 바라보았다.

♪ ♪♪♪ ♪♪ ♪

[파인스톡, 월드의 신 개념 뮤직서비스 이츠파인, 이번에는 론칭될까?]

파인스톡과 월드는 지난 2013년 월드엔터테인먼트와 제휴해 '이츠파인'을 준비하기 시작했다.

음악을 기반으로 파인스톡 사용자와 사용자, 그리고 SNS 플랫폼인 파인스톡을 연결하고 가수 팬 페이지를 비롯해 파인스톡이 제공하는 여러 가지 서비스와 연동하는 서비스다.

가수에게도 단비 같은 소식이다.

기존에 음원유통사에게 돌아가던 45%의 배분 비율을 33%까지 낮추고 가수와 작곡가 등 실질적으로 작업하는 이들에게 좀 더 많은 이익을 제공하면서도 소비자에겐 합리적인 가격으로 음악을 제공함으로써……중략…….

하지만 정부와 민간 합동 콘텐츠 허가기관인 뮤직파워컨텐츠는 시장 질서를 해칠 수 있다는 이유로 허가를 미루고 있어 출시일은 1년째 계속 연기되고 있는 상황이다.

가수들은 이에 성명서를 내고 새로운 경쟁자를 애초에 막는 것은 잘못이라며…….

"이 무슨……!"

뮤직파워컨텐츠의 민간 위원이기도 한 예랑엔터테인먼트의 사장 강시명은 아침에 난 기사를 보며 이를 부드득 갈아댔다.

"이츠파인은 개뿔. 이츠배드다, 배드."

홀로 악담을 퍼부으며 강시명 사장은 전화를 들었다.

곧 뮤직파워컨텐츠의 중추를 담당하는 방송위원회의 방태인이 굵직한 목소리로 전화를 받았다.

─그 정도 퇴짜를 놓았으면 눈치채고 알아서 때려치울 만도 한데 말입니다. 허!

"이강윤은 그 정도로 포기할 위인이 아닙니다."

─그런 힘, 밤에나 쏟지. 그렇지 않습니까?

"크큭. 맞습니다."

한참 동안 월드를 싸잡으며 한데 뭉친 두 사람은 본격적으로 용건을 이야기하기 시작했다.

─가수들이 아무리 뭉쳐봐야 힘은 우리가 가지고 있습니다. 결국 유통사들이 가수들 음원 안 올려주면 끝나는 이야기니까요. 유통사들도 협력해 주기로 입을 모았습니다.

"역시. 한발 앞서 움직이시는군요."

─그동안 월드의 행보가 마음에 들지 않았습니다. 갑자기 컸다고 질서를 헤집어 놔야 쓰겠습니까.

"하하하하. 시원합니다. 아……."

강시명 사장은 뭔가가 떠올랐는지 목소리를 가다듬고는 물었다.

"가수협회에서는 별다른 움직임이 없습니까? 혹여……."

─그 숫자만 많은 놈들. 전혀 걱정할 것이 없습니다. 제 몸 사리기에 급급한 놈들입니다. 숫자만 많았지…… 타이틀 다 떼버려도 찍소리 못 할 놈들이니 신경 끄셔도 됩니다.

"하하하하. 그럼 전 믿고 기다리겠습니다."

통화를 마치며, 강시명 사장은 한결 풀어진 표정으로 의자에 몸을 묻었다.

"그래. 이번에는 월드라도 별수 없을 거야. 크큭."

창가로 몸을 돌리며 그는 기분이 좋은지 입꼬리를 들어올렸다.

"여기."

이준열은 강윤이 준 서류에 사인을 하고 다시 건네주었다.

"고마워."

"뭘, 우리 사이에 이 정도로. 그런데 겨우 이걸로 돼?"

그는 더 필요한 건 없냐며 적극적으로 나섰다.

그러나 강윤은 괜찮다며 정중히 호의를 거절했다.

"이 정도만 해줘도 큰 도움이야."

"정말 이런 거로 된다고? 형. 말만 해. 가서 1인 시위라도 해줄 테니까."

"어이구, 됐습니다."

강윤은 대견하다는 듯, 그의 등을 두드렸다.

이준열이라면 진짜 1인 시위에 나서고도 남을 인물이라 함부로 말할 수도 없었다.

마침 함께 녹음을 하던 한주연이 스튜디오 문을 열고 들어왔다.

"여어, 못난이. 벌써 볼일 끝난 거냐?"

"……아, 진짜!"

한주연은 이준열의 면전에 대놓고 인상을 쓰며 부스 안으로 들어가 버렸다.

강윤은 이준열의 행동에 피식 웃으며 그의 어깨를 꾹꾹 눌렀다.

"아아! 아파. 형, 형!"

"우리 애한테 못난이가 뭐냐, 못난이가."

"아, 형! 혀엉!"

부스 안에서 보면대를 정리하던 한주연은 강윤과 이준열의 모습을 보고 입을 가리며 쿡쿡 웃어댔다.

강윤도 부스 안을 들여다보곤 피식 웃었다.

"알았어, 알았다고. 안 그럴게."

"진짜지?"

"어어! 어!"

강윤이 손을 놓자 이준열은 팔을 빙글빙글 돌리며 투덜거렸다.

"아, 씨. 사인 괜히 해줬어."

"이미 늦었다. 자, 녹음해야지."

"네네네. 그럼 나중에 보자고."

이준열이 부스에 들어가고 강윤은 오지완 프로듀서에게

스튜디오를 맡긴 후, 사무실로 올라갔다.

사무실은 이츠파인 문제로 분주했다.

모두가 정신없이 전화를 받고 서류를 작성하는 와중에 강윤은 자리에 앉자, 이현지가 다가왔다.

"기사 나간 지 몇 시간이나 됐다고. 가수들 사이에서 말이 많아졌습니까?"

그녀의 말을 들은 강윤은 당혹감을 감추지 못했다.

이제 겨우 오후 4시.

가수들의 사인을 받아 성명서를 낸 후 기사를 낸 지 불과 7시간밖에 지나지 않았는데…….

이현지는 잠시 눈을 감더니 힘겹게 입을 열었다.

"……남훈 선생님 같은 분들은 아니에요. 주로 중소 기획사에 소속된 가수들이 주로 말을 바꿨죠. 디지털 음원시장의 질서들을 존중하며 혼란을 원하지 않는다고 말이죠."

"이런 식으로 말을 바꾸면 타격이 있을 텐데…… 협박을 받은 것 같지는 않습니까?"

"그런 요인이 작용한 것 같기는 해요. 저들 뒤에 유통 3사가 있고…… 불가능한 이야기는 아니죠."

강윤은 자리에서 일어났다.

이제부터가 진짜 문제였다.

음원 시장의 배분을 조율하는 단체, 뮤직파워컨텐츠. 아니, 그 뒤에 있는 음원유통 3사와의 본격적인 전쟁 말이다.

"한 대리, 강 대리."

"네."

막 기자들과 통화를 마친 한창문 대리와 강하인 대리는 강윤의 부름에 벌떡 자리에서 일어났다.

"여론의 반응은 어떻습니까?"

강윤의 물음에 강하인 대리가 침중한 어조로 답했다.

"아직은 입질이 오지 않았습니다. 처음에만 반응이 있었고 지금은……."

"가수들의 밥그릇 싸움이라고 생각하는 모양이군요. 이대로 가면 묻힐 수도 있겠습니다."

한창문 대리가 말했다.

"사장님. 제 생각인데…… 만약 저희 편을 든 가수 중 일부가 빠져나가고 다른 가수들이 저들의 편을 든다면 여론이 불리하게 돌아갈 겁니다."

"가수들의 밥그릇 싸움이다…… 라고 인식이 된다, 이 말이군요."

강윤의 힘겨운 답에 한창문 대리는 고개를 끄덕였다.

그렇게 되면 가격을 올리지 않고 가수들의 편을 든다는 명분은 묻히고 가수들의 이전투구라는 자극적인 면만 부각될 가능성이 크다.

결국, 아무것도 되지 않는다는 말이다.

PM 06:00

[이츠파인 논란, 결국 밥그릇 싸움인가?]

파인스톡과 월드엔터테인먼트의 디지털음악 서비스, 이츠파인(이하 이츠파인)이 논란에 휩싸였다. 이츠파인은 지난 2년간 한국 음원서비스를 위임받아 담당하는 '뮤직파워컨텐츠'로부터 여러 차례 자금 유동성을 비롯하여, 시스템 보완 등을 지적받아왔다.

그러나 이츠파인 측은 자금이나 시스템 문제가 아닌, 배분 문제에 따른 마찰이라며 유동성이나 시스템에는 문제가 없다고 맞서왔다.

그러나 가수 론테일을 중심으로 헤븐, MD뮤직, 넷츠닷컴 등 기존 3사가 주장대로 45%를 유통사에게 지급함으로써 안정적인 유통망을 형성하는 것이 중요하다는 주장도 나오고 있어 가수들과 작곡가, 유통사들 사이의 첨예한 대립이 예상된다.

"결국 이렇게 되는군요."

포털 사이트, 세이스에 난 기사를 보며 강윤은 팔짱을 끼었다.

가수들이 흔들린다는 말을 들은 지 2시간 만에 결국 기사도 나고 말았다. 이현지는 입술을 깨물었고 다른 직원들도 결국 이런 일이 일어나고 말았다며 눈을 질끈 감았다.

그러나 강윤은 이내 손뼉을 치며 모두의 시선을 끌어 모았다.

"일단 대책부터 세웁시다. 그리고……."

강윤은 야식이나 먹고 하자며 법인카드를 꺼내들었다.

뜬금없는 행동이었지만 분위기를 전환하는 데는 먹을 것만한 것이 없었다.

곧 유정민이 초밥과 라면 등 먹을거리를 사왔고 테이블에 음식들이 세팅되었다.

음식들을 우물거리며 강윤이 말했다.

"정민 씨."

"네, 사장님."

이전과 다르게 강윤과 대화하는 것이 부드러워진 유정민이 젓가락을 내려놓았다.

강윤은 그에게 젓가락을 계속 들라고 손짓하면서 물었다.

"이 일을 어떻게 해결하면 좋을 것 같습니까?"

"그걸 저에게……."

"그냥 정민 씨가 생각하던 걸 말하면 됩니다."

유정민은 이전처럼 선배 사원들의 눈치를 보지 않았다.

다른 사원들도 말을 잘해야 한다고 눈짓을 준다는 등의 행동을 하지 않았다.

곧, 유정민은 휴지로 입을 닦은 후 말했다.

"전 가수협회를 우리 편으로 만들어야 한다고 생각합니다."

그러자 이현지가 고개를 갸웃했다.

"한국가수협회를 말하는군요. 하지만 그 단체가 실질적으로 가요계에 미치는 영향력은 작죠. 가수가 되고도 등록을 하지 않는 사람들도 많고…… 찬물을 끼얹는 것 같아서 미안한데, 과연 효과가 있을까요?"

다른 사원들도 이현지의 말에 동의하자 유정민은 풀이 죽었다.

그때, 강윤이 나섰다.

"이사님. 저는 괜찮다고 생각합니다."

강윤의 말에 이현지가 당혹감을 드러냈다.

"사장님. 가수협회가 힘이 있었다면 진작 나서지 않았을까요? 그들은 숫자 외에는 가진 것이 없어요. 숫자만 많지, 구심점이 없어서 단합이 안 돼요. 뮤직파워컨텐츠에서 이런 말도 안 되는 음원배분비율을 만들어놔도 가수협회에서 힘을 못 썼던 이유가 여기에 있죠."

"우리가 그 구심점이 되면 되지 않습니까."

"사장님."

이현지가 난색을 표했지만, 강윤은 차분히 의견을 이야기했다.

"이사님 말씀도 맞습니다. 구심점이 없어서 쉽지 않습니다. 하지만 모두가 간과한 것이 있습니다."

"간과한 것?"

"우리가 구심점이 되면 됩니다. 저들에겐 파인스톡이 대체제가 될 수 있겠죠."

파인스톡.

아니, 그 뒤에 있는 월드엔터테인먼트를 중심으로 뭉치자.

이제 힘을 갖춘 월드엔터테인먼트를 구심점으로 내세우겠다는 이야기였다.

"이제 우리 월드도 흔히 말하는 3대 기획사 못지않은 기획사가 되었습니다. 그런 회사가 직접 행동에 나선다면 눈치만 보고 있던 가수협회 사람들도 분명히 제 목소리를 내게 될 것입니다."

"……알겠어요. 뭘 준비해야 하죠?"

"일단, 한 대리는……."

강윤의 말에 모두가 분주하게 움직이기 시작했다.

유정민은 자신의 의견이 수용되었다는 것을 알고 뿌듯한 기분을 느꼈지만…….

"정민 씨. 뭐해요. 홍 기자에게 전화해야지."

"네!"

곧 멍하니 있다가 이현지에게 타박을 들어야 했다.

그러나 이내 자리로 돌아가 기자들과 실랑이를 벌이며 다가올 전쟁을 준비하기 시작했다.

며칠 후.

찬바람이 수그러들기 시작한 날의 정오였다.

금융의 중심지라 불리는 테헤란로는 점심시간을 맞아 사람들이 북적였다.

그런데 빌딩 숲 한가운데서 뜬금없는 움직임이 일기 시작했다.

"어? 저거 뭐하는 거야?"

"저거, 하얀달빛아냐?"

어쿠스틱 베이스, 통기타와 함께 잼배를 든 하얀달빛 멤버와 함께 마이크를 든 이현아가 거리 한복판에서 목소리를 가다듬는 모습이 사람들의 시선을 끌었다.

이현아는 인사 등의 멘트도 없이 바로 노래를 시작했다.

사람들은 OST로 유명해진 가수의 등장에 호기심을 보이며 모여들었다.

그런데, 군중들 사이에서 몇몇 사람들이 나오더니 이현아와 함께 목소리를 맞추는 것이 아닌가?

"저거 뭐야?"

"플래시몹?!"

사람들이 놀라든 말든, 군중들 사이에서 사람들이 하나둘씩 나오더니 이현아의 옆에, 뒤에, 아니면 앞에 서서 목소리를 함께 맞춰나갔다.

어떤 이들은 악기를 들고 나와 잼을 하는 이들도 있었다.

1절이 끝나갈 무렵, 소리는 전과 비교할 것 없이 풍성해져 있었다.

"……대박. 이거 뭐야?"

"혹시 가수 뭐 하는 거 아냐?"

사람들은 가수들의 의도를 대번에 이해할 수 있었다.

가수들이 서 있는 이곳은 뮤직파워컨텐츠의 사무실로 들어가는 정문이었다.

노래하는 이들이 점점 늘어갈수록 소리는 더더욱 커져나갔고 모여드는 사람도 더더욱 늘어갔다.

"쟤들, 뭐야?!"

"그게…….."

"빨리 쫓아 보내!"

뮤직파워컨텐츠 측에서 보안요원을 투입해서 쫓아 보내려

했지만, 사유지를 딱 걸쳐 서 있는 바람에 아무런 조치를 취할 수도 없었다.

점심시간이 거의 끝나가도 사람들은 흩어질 생각을 하지 않았다. 그렇게 1시가 되자 누가 먼저랄 것도 없이 노래가 멈추더니 삽시간에 가수들이 흩어져 버렸다.

"허……!"

창문으로 지켜보던 뮤직파워컨텐츠 관계자들은 허탈한 한숨을 내뱉었다.

그런데, 그것이 끝이 아니었다.

다음 날 정오.

"또?!"

이번에는 김재훈이었다.

그를 시작으로 악기, 가수 등 또다시 수많은 가수들이 몰려든 것이다.

"와아아아아~~!"

뮤직파워컨텐츠 측은 미칠 것만 같았다.

구청 측에 물어보니 이미 집회 신고까지 끝내놓은 상황이었다. 게다가 사유지를 침범한 것도 아니고 법적으로는 전혀 문제가 없었다.

절묘하게 법망을 피하고 이런 식으로 여론을 몰아가니 미칠 지경이었다.

이곳에 모인 가수들은 이츠파인이니 배분비율이니 하는
말은 절대 하지 않았지만 사람들은 모인 목적을 귀신같이 알
고 있었다.

또 다음 날.

"이번에는 은하냐!"

오늘은 아예 가수 은하의 팬클럽까지 몰려왔다.

밑에서 은하는 팬클럽 멤버들에게 행인들이 지나갈 수 있
도록 길 정리까지 부탁하며 노래를 했고 어김없이 가수들도
수없이 몰려들어 노래를 불러댔다.

뮤직파워컨텐츠 측은 미칠 노릇이었다.

저들이 모인 목적이야 뻔했다. 이츠파인의 론칭을 허가해
달라는 것.

"협회장님⋯⋯."

창문을 통해 지켜보던 머리가 벗겨진 남자가 옆을 돌아보
며 불안하게 말했다.

그러나 협회장이라는 이는 입술을 깨물며 고개를 흔들
었다.

"며칠 지나면 말겠죠."

그러나 그건 협회장의 착각이었다.

하얀달빛, 은하, 김재훈.

이 세 사람은 돌아가며 플래시몹의 중심에 섰다. 수없이 많은 무명 가수들은 한 번이라도 참여해야 한다며 지방에서 버스를 타고 오는 성의를 보였다.

튠과 같은 동영상 전문 사이트는 물론이요, SNS에도 플래시몹이 돌며 이츠파인에 대한 이야기가 돌았으며, 사람들은 음원유통사의 횡포에 함께 분노했다.

하루, 이틀.

1주, 2주.

플래시몹 시위 3주차 되던 어느 날.

운명의 그날이 밝았다.

"에디오스~!"

협회장은 거리를 가득 메운 사람들을 보며 비명을 질렀다.

아니나 다를까.

"와아아아아아아아아아~~!"

마침 등장한 에디오스에 환호하며 사람들은 거리가 떠나가라 외쳤다. 어떻게 알았는지 에디오스가 온다는 소식을 듣고 사람들은 일찍부터 테헤란로를 지키고 있던 것이다.

"협회장님……."

"해줘."

"네? 하지만……."

"필요 없어. 이렇게 한 달 다 채울 거야?! 서류 갖고 와!"

에디오스의 음악이 울려 퍼지는 가운데, 협회장은 '이츠파인'의 심사서류에 자신의 도장을 찍었다.

그렇게 이츠파인은 우여곡절 끝에 정식으로 허가를 받아 론칭을 이루어냈다.

MG엔터테인먼트의 이사, 김진호와 함께 리처드는 국내 최대의 음원유통사 헤븐을 방문했다.

헤븐의 실세라고 불리는 유상철 상무는 새롭게 떠오르는 실세, 리처드와 굳게 손을 잡았다.

"하하하. 한국말이 무척 유창하십니다."

"로마에서는 로마법을 따라야지요."

곧 리처드는 유상철 상무의 호감을 샀다.

비서가 내온 차를 나누다 화제가 며칠 동안 말이 많았던 '이츠파인'으로 향했다.

"참, 이해가 가질 않습니다. 시스템을 유지하기 위한 비용은 생각하지 않는 건지. 45%를 가져가는 이유는 생각하지 않고 시장에 진출하려는 이유를 알 수 없어요."

리처드의 말에 유상철 상무가 무릎을 치며 동의했다.

"제 말이 그 말입니다. 그 월드의 이강윤? 그 사람이 그렇게 답답한 사람이라고 들었습니다. 주변 말도 안 듣고 자기 고집대로만 밀어붙인다고…….'

"그러니 그런 이상한 일을 하고 있는 거겠죠. 여러 사람 피곤하게…… 에잉."

리처드는 강윤 이야기가 나오니 이를 갈았다.

그런데 유상철 상무는 진짜로 하고 싶은 이야기가 있었는지 잠시 머뭇거렸다.

그는 몇 번이나 망설이다 힘겹게 입을 열었다.

"그 월드…… 말입니다. 이강윤 그 사람."

"말씀하십시오."

리처드의 부드러운 미소를 보며 유상철 상무는 입술을 한 번 깨물고는 입을 열었다.

"이강윤 그 사람 때문에 잘 돌아가던 시장질서가 무너지는 것 같습니다. 시위 몇 번 했다고 허가를 내준 뮤직파워 측도 마음에 들지 않고…….'

리처드는 본격적으로 내심을 드러내는 유상철 상무에게 그윽한 미소를 지었다.

"사실, 저도 상무님과 같은 생각입니다. 아무리 뮤직파워라는 단체가 민관합동 기관이라지만 여론 눈치를 너무 보는 것 같습니다. 같은 테두리 내에서도 생각이 그렇게 다르니…….'

"휴우……."

유상철 상무는 긴 한숨을 내쉬었다.

사무실 안이었지만, 리처드는 유상철 상무에게 불까지 붙여주며 마음을 편안하게 해주었다.

양해를 구한 후, 담배 한 대를 다 태운 유상철 상무는 조금은 편안해진 얼굴로 입을 열었다.

"론칭은 됐다지만, 이츠파인을 이대로 둘 수는 없습니다."

"그건 그렇지요. 공감합니다."

"도와주십시오."

직설적인 말에 당황할 법도 했지만, 리처드는 당황하지 않았다. 그는 차분하게 귀를 열며 유상철 상무가 입을 열기를 기다렸다.

"이번 플래시몹 시위에 뮤직파워 측이 두 손을 들었던 이유는 결국 숫자의 힘에 굴복했기 때문입니다. 숫자는 결국 관심이니까요. 뮤직파워 내에서도 내심 배분비율이 내려갔으면 하는 이들도 있었고 이번을 기회삼아 이츠파인을 이용하고자 하는 이들도 있었을 겁니다."

"……요지가 무엇이지요?"

"지금은 이츠파인에 대한 사람들의 관심이 높습니다. 그걸 다른 곳으로 돌릴 정보를 원합니다. 그것만 주신다면……."

유상철 상무는 이를 부드득 갈았다.

"모든 자금을 동원해서 이츠파인 따위, '베드'로 보내버리겠습니다."

33%라는 낮은 수수료에도 타 음원서비스사보다 좋은 음질, 파인스톡 연동을 비롯한 여러 가지 컨텐츠를 이용한 서비스 제공까지. 론칭 이후, 호기심에 이츠파인을 이용해 본 사람들은 호평일색이었다.

그러나 모든 사람들의 반응이 좋은 것은 아니었다.

–파인은 개뿔~ 조올라 불편하다

–원음서비스는 뭐임? –_– 음질 차이가 안 나는데??

–저기요~ 파인스톡 켜면 음악이 나오는데요……. 끄고 싶어도 안 꺼지는데요?

처음으로 시도하는 서비스도 여럿 있다 보니 문제도 많았다. 이런 것들을 문제 삼아 태클을 거는 사람도 있었지만, 서비스를 담당하는 파인스톡 측은 훌륭하게 관리해 나갔다.

하지만 진짜 문제는 여론에 있었다.

[이츠파인, 론칭 이후에도 여전히 논란거리. 낮은 수수료는 시장 질서에……]

[헤븐, MD뮤직 등 낮은 수수료는 시스템 유지에 걸림돌…… 이츠파인이 무리수 두는 것]

[뮤직파워컨텐츠, 가수들의 단체행동 자제 요청……]

론칭된 이후에도 기존 업체들 간의 수수료를 둘러싼 문제는 쉽게 해결되지 않았다. 이익을 10% 이상 줄여야 하기에, 기존 업체들도 양보할 수 없는 문제였다.

어느 쪽도 물러날 수 없는 상황.

칼날 같은 대치상황이었다.

기사들을 모니터링 하던 이현지는 인터넷을 끄며 강윤의 자리 옆에 섰다.

"괜히 긁어 부스럼만 만든 것 아닌지 모르겠네요."

강윤이 컴퓨터에서 손을 놓고 의문을 표하자, 이현지는 한숨지으며 말을 이었다.

"음원배분 문제가 심각하다는 건 알았지만, 이렇게까지 갈등을 촉발할 줄은 상상도 못 했군요. 론칭을 하면 한 발자국 물러날 거라 생각했는데…… 사람들한테 앞뒤 없이 욕만 먹고. 괜히 총대를 멘 것 같은 기분도 드네요."

그녀의 한숨 섞인 이야기에 강윤은 부드럽게 미소 지으며 답했다.

"그동안 쌓인 게 많았잖습니까. 이 정도 대가면 싸게 먹힌 겁니다."

"싸다라……."

이현지는 강윤 앞에 의자를 끌어다가 앉았다.

"론칭까지 2년이었어요. 그것도 이름 없는 가수들이 플래시몹 시위를 3주나 했어야 했고 우리 홍보팀은 기자들에게 매일같이 고개를 숙여야 했었고……."

"이사님."

"아, 몰라요. 몰라."

이현지는 드물게 짜증을 냈다.

강윤은 거의 처음 보는 그녀의 모습에 당황했지만 차분하게 그녀를 달랬다.

"제가 너무 다른 사람들 생각만 했었나 봅니다. 미안합니다."

"아니에요. 후우. 저도 조금 지쳤나 보네요. 머리 좀 식히고 올게요."

강윤에게 사과한 후, 이현지가 옥상으로 올라갔다.

이츠파인의 신규회원 수를 체크한 후, 강윤도 지하 스튜디오로 향했다.

'이번 론칭이 어렵긴 어려웠구나.'

계단을 내려가며 강윤은 생각에 잠겼다.

이번 이츠파인 론칭은 확실히 무리수가 있었다.

그러나 이렇게까지 하지 않았으면 아무것도 해결하지 못한 채 여전히 제자리를 걸었으리라.

'앞으로 닥치는 문제들은 차근차근 해결하자.'

생각을 정리하며 스튜디오에 들어섰는데, 박소영과 함께 의외의 인물이 안에 있었다.

"진서야."

"선생님, 안녕하세요."

민진서는 박소영과 함께 음악작업을 하고 있었는지 주변에 메모지를 잔뜩 늘어놓고 있었다.

박소영은 강윤에게 인사를 하고는 민진서에게 눈을 돌렸다.

"진서야. 여기 단어를 바꿔줄 수 있어?"

"어떻게요."

"너에게 향하는 내 마음이잖아. 그런데 이렇게 하면 박자 맞추기가 힘들어져. 박자를……."

강윤은 의자에 앉아 두 사람이 작업하는 모습을 지켜보았다.

누군가가 지켜본다는 부담도 없는지, 박소영과 민진서는 작사 작업에 몰입에 시선도 돌리지 않았다.

'진서와 작사라…… 어울리네.'

그녀의 감성이라면 좋은 가사가 나올지도 몰랐다.

그러다 문득, 박소영을 보며 이상한 생각이 들었다.

'소영이는 여러 사람들을 끌어들여 좋은 작품을 만드네. 희윤이는 혼자서 좋은 곡을 만들고. 확실히 개성이 다르네.'

이제는 어엿한 작곡가, 편곡가의 포스를 뿜어내는 박소영을 보며 강윤은 흐뭇한 미소를 지었다.

그때, 강윤의 핸드폰에 진동이 울렸다.

방해가 될까 조용히 밖에 나가 전화를 받으니 이현지의 다급한 목소리가 들려왔다.

─사장님. 인터넷 봤어요?

"인터넷? 무슨 일입니까?

─소영이가…… 아니. 일단 올라오세요. 보고 이야기하는 게 빠를 것 같네요.

강윤은 서둘러 사무실로 올라갔다.

사무실로 가니 모든 직원들이 모여 심각한 얼굴로 컴퓨터를 보고 있었다.

"무슨 일입니까?"

그러자 정혜진이 굳은 표정으로 답했다.

"표절 기사가 떴어요. 소영이……."

"표절?"

강윤은 서둘러 모니터로 눈을 돌렸다.

[월드엔터테인먼트 전속 작곡가 박소영, 표절 논란에 휩싸여……]

작곡가 박소영이 표절 논란에 휩싸였다.

은하가 부른 에디오스의 노래 '함께하자'를 편곡해 인지도를 얻기 시작한 박소영 씨는 최근 DLE 방송국의 인기 프로그램 '셀렉토'에 출연하며 인기를 얻었다.

그러나 가수 니아의 출연곡 '너 플러스 나'의 편곡에 외국곡 일부를 그대로 인용했다는 주장이 제기되면서…….

"뭐 이런……."

기사를 보면서도 강윤은 기가 막혔다.

그런데 세이스 실시간 검색어에 '박소영 표절'이라는 단어가 잠식해 들어가더니, 순식간에 5위, 4위를 앞질러 2위까지 올라가는 것이 아닌가?

순식간에 일어난 사태에 이현지도 이를 갈았다.

"소영이 불러올까요?"

정혜진이 묻자 강윤은 고개를 흔들었다.

"지금 한창 작업하는데, 방해됩니다."

"그래도 알 건 알아야 하지 않을까요? 표절이라면……."

"우리가 해결하죠. 소영이가 표절 따위 하지 않았다는 건 내가 더 잘 압니다. 후우. 미안하지만 다들 오늘은 늦게 퇴근 해야 할 것 같습니다. 미안합니다."

강윤이 미안한 표정을 짓자 직원들 모두가 괜찮다며 고개를 저었다.

이현지가 대표로 말했다.

"우리, 배부터 채워주세요. 배고파요."

"물론이죠. 뭐 드시고 싶나요?"

"초밥이요. 참다랑어로 부탁해요."

이현지의 주문에 직원들은 만세를 불렀고 강윤의 카드는 홀쭉해졌다.

배가 든든해진 직원들과 함께, 강윤은 바로 대응을 시작 했다.

강윤은 우선 표절이 아니라는 것을 증명하는 작업에 나섰고 다른 직원들은 표절이라고 주장하는 기사와 블로그 등을 찾았다. 워낙 광범위하게 퍼져 있었기에 찾아나서는 것도 만만한 일이 아니었다.

강윤은 우선 가수 니아의 곡 '너 플러스 나'의 표절 근거를 찾기 시작했다.

'멜로디가 비슷해. 분위기도 그렇고. 표절이라고 할 만한데…… 애매하기도 하고.'

표절은 멜로디부터 차이가 난다.

기사나 블로그 등에는 이 곡의 편곡이 'Dark'의 브릿지 부분(곡 중 분위기를 변화시켜 주는 부분)을 표절했다고 주장하고 있었다.

'이럴 때는 원작자에게 연락하는 게 제일이지.'

이 곡의 원작자는 유럽에 있었다.

유럽, 영국의 엘런이라는 이름을 가진 작곡가의 노래였다.

인맥을 동원해 2시간에 걸쳐 연락처를 알아낸 후, 강윤은 그와 통화를 할 수 있었다.

―……한국? 케이팝? 압니다, 알아요. 강윤. 반갑습니다.

"불미스러운 일로 연락을 하게 돼서 죄송합니다. 다른 일이 아니라……."

강윤은 자신의 가수가 표절논란에 휩싸이게 되어 연락을 하게 되었다며 도움을 요청했다. 다행히 엘런이라는 작곡가는 사정을 알고 바로 도움을 주었다.

―……그 소영이라는 작곡가가 혹시 로시스라는 프로그램을 쓰지 않던가요?

"네. 작곡가님도 로시스를 쓰지 않으십니까?"

―네. 아마 표절이라는 말이 나온 이유가 멜로디도 있지만 소리 선택을 비슷하게 했기 때문일 것입니다. 이제는 하도 다양한 음악들이 나와서 멜로디도 비슷한 것들이 많지요. 거

기에 로시스에서 비슷한 소리들을 차용했으니…… 제 노래에 쓰인 소리가 SAMANAKE 11이고 소영이 쓴 소리가 SAMANAKE 07일 겁니다. 미묘한 차이만 있겠죠.

강윤은 편곡 프로그램 로시스를 열고 'SAMANAKE'를 찾았다.

과연 엘런의 말대로 울림과 몽글거리는 차이만이 있을 뿐, 분위기에 큰 차이는 없었다. 거기에 멜로디도 미묘하게 차이가 있어 확실히 표절 시비를 가릴 수 있었다.

"감사합니다, 작곡가님. 실례가 안 된다면…….."

-걱정하실 것 없습니다. 제가 직접 증명했다고 말씀하셔도 됩니다.

"배려에 감사드립니다. 나중에…….."

그런데 이런 배려에는 이유가 있었다.

-이번 제미스 어워드. 정말 인상 깊게 봤습니다.

"아……."

-캐리 씨가 안부 전해달라더군요. 나중에 한번 뵀으면 좋겠습니다.

세상은 넓고도 좁았다.

강윤은 나중에 꼭 만나서 감사를 표하겠다고 이야기하고는 통화를 마쳤다.

강윤은 바로 홍보팀의 한창문 대리와 강하인 대리를 불렀다.

"한 대리와 강 대리는 기자들한테 이 자료들 보내주세요. 지금 빨리."

"알겠습니다."

"혜진 씨는 홈페이지와 파인스톡 페이지에 반박자료들 올려주고 정민 씨도 함께 도와주세요."

"네!"

표절 시비가 올라온 지 3시간째.

포털 사이트 세이스를 비롯해 월드엔터테인먼트 홈페이지와 파인스톡 페이지 등에 일제히 표절 논란에 대한 반박 자료들이 개재되었다.

PM 11:06

[세이스 실시간 검색어 순위]

1. 박소영 표절

2. 박소영

3. 로시스

4. SAMANAKE 11

5. 표절 증명

표절 논란이 터져 나온 이후 5시간이 지났다.

실시간 검색어 순위에 일반인들이 접하기 어려운 단어들이 추가되면서 몇 가지 기사들이 더해지기 시작했다.

[박소영, 표절 아냐…… 비슷한 분위기 연출만 한 것뿐.]

[작곡가 박소영, 비슷한 분위기일 뿐. 일일이 반박.]

[박소영 기획사 월드, 직접 원곡자에게 연락…… 원곡자 엘런이 직접 증명.]

월드엔터테인먼트 전속 작곡가의 표절사건이라며 키보드를 새하얗게 태우던 사람들은 아니라는 것이 밝혀지자 시무룩해져 버렸다.

오히려 반사 이익을 얻은 것은 이 논란이 빚어지며 부각된 '로시스'라는 편곡 프로그램이었다.

실시간 검색어에 오르면서 로시스의 제작사, '로빅'에 접속하는 사람이 늘어났고 졸지에 서버가 다운되는 사태까지 벌어졌다.

거기에 역시 월드엔터테인먼트 소속 연예인은 표절 논란에도 깨끗하다며 이미지 개선효과까지 있었다. 이번 사건이 사람들의 신뢰를 올려준 셈이었다.

반면 시무룩해진 이들도 있었다.

"유 상무!"

아침이 밝자마자 사장실에 불려간 유상철 상무는 불같이 화를 내는 헤븐의 사장, 임치성 앞에 고개를 숙여야 했다.

"믿고 맡기라 하지 않았나? 지금 이게 뭔가?"

"……죄송합니다."

"유 상무 말만 믿고 준비 다 해놓고 있었는데! 지금 이 상태에서 사람들 관심을 돌릴 수 있겠어?!"

임치성 사장의 분노는 대단했다.

표절 논란으로 사람들의 관심이 박소영에게 쏠렸을 때 이츠파인을 자금으로 압박해 경영권에 위협을 가할 생각이었다.

하지만 지금 그런 계획을 실행했다간 여론의 뭇매를 맞고 있던 사람들마저 돌아설지도 몰랐다.

"꼴도 보기 싫으니까 나가!"

유상철 상무는 집기들이 날아다니는 사장실에서 도망치듯 뛰쳐나왔다.

사장실 앞에서 그는 천장을 바라보며 탄식했다.

"……먹고살기 참 힘들구나."

터덜터덜 걸어가는 그의 뒷모습을 사장의 비서진들이 처량하게 바라보았다.

3화
Shake it, shake it!

표절시비가 일어난 다음 날 아침.

"세상에……!"

스튜디오에서 밤을 새며 작업을 마친 박소영은 잠깐 인터넷을 하다가 넷상에서 벌어진 네티즌들 간의 격렬한 전투 흔적을 보고 하얗게 질렸다.

난데없이 표절 시비라니!

시계를 보고 강윤이 출근했다고 여긴 그녀는 사무실로 뛰어 올라왔다.

"오빠!"

급한 마음에 사무실 문을 벌컥 여니 강윤이 평온한 얼굴로 물을 끓이고 있었고 이현지는 젖은 머리를 수건으로 탈탈 털고 있었다.

"소영아. 무슨 일 있어?"

급한 자신의 마음과는 다르게 너무도 평온한 강윤을 보니 박소영은 다급해졌다.

설마 간밤에 벌어진 표절 논란을 모른단 말인가?!

그녀는 강윤에게 다가가 소리를 높였다.

"오빠, 큰일 났어요, 큰일!"

강윤과 이현지는 다급한 박소영을 보다가 이내 쿡쿡대며 웃음을 터뜨렸다.

"왜…… 그러세요? 지금 진짜 큰일이에요"

"그래. 말해봐. 무슨 일이야?"

강윤이 부드러운 미소를 지으며 이유를 묻고 이현지는 아예 시선을 돌려 어깨를 들썩거렸다.

그걸 아는지 모르는지, 박소영은 한 커뮤니티 사이트에서 오간 표절에 관한 설전을 보여주며 목소리를 떨었다.

"오빠. 이거, 어떡해요?! 표절이라니? 저 정말 표절 같은 거 한 적도 없는데……."

"소영아."

강윤마저 미소를 지우자 박소영은 울듯 한 얼굴이 되어버렸다. 곡 작업을 하는 이가 표절이라니.

이제 막 이름을 알리기 시작한 그녀에겐 치명적이었다.

"저 정말 표절 아니에요! SAMANAKE 소리들이 비슷한 게 많아서 사람들이 오해한 것 같은데…….”

“하하하하하!”

그때, 더 이상 못 참겠는지 이현지가 웃음을 터뜨렸다.

박소영이 그녀를 의아한 시선으로 바라보자 강윤도 입가를 가리고 쿡쿡 웃음을 터뜨렸다.

“저기, 오빠. 오빠?”

“쿡쿡. 아, 미안. 걱정 마. 이미 다 해결됐으니까.”

“네?”

그가 무슨 말을 하는지 이해하지 못한 박소영은 멍하니 눈을 껌뻑였다.

곧 강윤은 영국 작곡가 ‘엘런’에게 연락한 내역과 표절이 오해에서 비롯됐다는 내용의 기사를 보여주었다.

그제야 자신이 본 커뮤니티 사이트와 기사들의 업데이트 시간이 전날 저녁 6시 이후라는 걸 확인한 박소영은 멋쩍은 미소를 지었다.

“휴우. 다행이다. 진짜 심장 내려앉는 줄 알았어요.”

“밤 새느라 피곤할 텐데 들어가서 쉬어. 진서는 들어갔어?”

“네. 새벽 5시쯤 들어갔어요.”

강윤은 박소영에게 뜨끈하게 몸이라도 담구고 가라고 돈을 쥐어주며 돌려보냈다. 박소영은 괜찮다며 정중히 거절했지만, 강윤은 기어이 그녀의 손에 쥐어주곤 사무실에서 내보

냈다.

그녀가 나가고 이현지가 말했다.

"정말 아무것도 몰랐나 보네요. 아침에 저렇게 서둘러서 올라오는 것 보니까."

강윤은 웃으며 답했다.

"그럴 수밖에 없었을 겁니다. 다행이죠. 방송에 나갈 편곡도 끝났고 별일도 없었고. 피곤하진 않으십니까?"

"제가 체력 하나는 끝내주잖아요."

이현지는 오른팔로 알통을 만들며 자신감을 드러내 보였다.

곧 직원들이 하나둘씩 출근했다. 어제 늦게까지 일을 한 여파가 있었지만 누구나 피곤하다는 표정을 드러내는 사람은 없었다.

이현지는 모두에게 피로회복제를 돌렸고 강윤도 편안하게 일하라며 모두를 독려했다.

밝은 분위기로 모두가 일을 하고 있을 때, 루나스의 사무실에서 민진서 관련 업무를 담당하던 강기준이 사무실에 들어섰다.

"강 팀장. 어서 와요."

"안녕하십니까."

강윤은 이현지, 강기준과 함께 소파에 앉았다.

강기준은 가져온 대본들을 강윤과 이현지 앞에 꺼내며 이 중 선택을 해야 한다며 용건을 이야기했다.

"……다 미니시리즈들이군요. 지난번에는 여러 가지를 고려해본다 하지 않았었나요? 단막극, 영화, 예능도 있었는데."

이현지의 물음에 강기준이 고개를 끄덕였다.

"여러 가지를 고려해 봤습니다. 본격적인 일정은 6월에 시작되는 작품들입니다. 그리고 트렌드에 맞거나 작품성이 뛰어난 작품들을 골라왔습니다"

"지상파, 종편…… 케이블도 있군요."

이현지는 눈을 가늘게 뜨며 대본들을 살폈다.

민진서가 종편(종합편성채널)이나 케이블 드라마에 출연하기에는 무리라는 생각이 들었다. 지금 인식은 최고의 스타는 지상파 드라마에 출연한다는 공식 같은 것이 있었다.

대본들을 주욱 읽은 이현지는 대본들을 내려놓았다.

"블록버스터에, 로맨스. 다양하군요. 하긴, 진서가 섬세한 연기도 잘 하니까. 강 팀장은 이중 어떤 드라마가 시청률이 높게 나올 거라고 보나요?"

"시청률이라면…… 어렵군요."

"그래도 내 생각엔 이채연 작가 작품이 탄탄해 보이기는 하네요. 유명세도 있고……."

이현지는 '난 이상한 남자를 사랑한다'라는 드라마를 가리켰다. 로맨스로 최정점을 달리는 이채연 작가의 작품으로, 몰락한 스타와 최고 스타와의 사랑을 다룬 작품이었다.

하지만 강기준은 이현지의 의견에 의문을 표했다.

"이채연 작가의 파워는 인정합니다. 하지만 뻔하다는 문제가 있습니다. 사각관계의 시대가 점점 가고 있다는 의견이 지배적인데 이채연 작가는 여전히 사각관계를 고집하고 있더군요. 전 그게 마음에 걸립니다."

"그렇죠. 하지만 뻔한 내용으로 시청률은 항상 나와 주지 않았나요?"

이현지와 강기준은 작품 선정을 놓고 설전을 벌였다.

그러나 두 사람의 의견은 쉽게 좁혀지지 않았다.

이 작품은 이래서 문제가 있다, 트렌드에 어긋난다, 이미 섭외된 스타와의 격이 맞지 않는다 등등. 5개의 작품 모두가 이런저런 문제가 있다며 두 사람은 쉽게 합을 맞추지 못했다.

두 사람의 이야기를 귀담아 듣던 강윤은 탁자 위에 놓인 대본들을 집어 들었다.

'난 이상한 남자를 사랑한다가 어떻게 됐지?'

강윤이 과거로 돌아오기 전, 얼핏 들었던 드라마였다.

4화까지 이루어진 대본을 읽어보니 조금씩 내용들이 떠오르기 시작했다.

'3화까지 잘나갔던 드라마였어. 여자 주인공이 남자 주인공과 함께 일하며 사사건건 부딪혔었지. 남자는 본부장인데 여자는 직원. 까칠한 성격임에도 여자 주인공에게만 이상하게 자상하다는 면이 공감을 얻기 힘들었다며 혹평을 받았지. 남자 주인공이 오버를 심하게 하기도 했었고. 결국 15회 조기 종영했지.'

정확한 시청률까진 기억이 나지 않았다.

그러나 조기종영을 했다는 건 처참한 결과를 낳았다는 것과 같았다.

"이채연 작가 작품이 괜찮을 것 같군요."

"전 '탈리스만'이 가장 나을 것 같습니다. 연출진이나 팀의 노하우 등을 보면…….''

강기준 팀장은 '탈리스만'이라는 지상파의 블록버스터 드라마를 뽑았다. 핵전쟁을 막기 위한 정보원의 활약과 사랑을 그린 드라마였다.

'100억 원 이상의 블록버스터군. 로맨스가 문제였어. 주변 인물들이 이유도 모르게 죽어나가고 무리한 로맨스가 반복되면서 결국 20화가 18화로 줄어들었어.'

두 사람 모두 함정카드를 들고 내 것이 더 좋다며 주장하는 꼴이었다.

그러나 강윤은 저들의 이야기를 들으며 대본들을 살펴나

갔다.

'마땅한 작품이 없나?'

노란 봉투에 반쯤 들어간 대본이 눈에 들어왔다.

들어보니 '더 메시지'라고 적힌 대본이었다.

'더 메시지? 잠깐. 이건…….'

집필했다는 김세영 작가라는 사람은 기억이 나지 않았다.

그런데 내용을 읽어나가니 드라마의 내용이 새록새록 떠오르고 있었다.

'이거 시간을 소재로 다룬 드라마 아닌가? 벌써 이 드라마가 나올 때가 됐나?'

지금은 2014년 3월이다.

강윤은 2017년 즈음에야 드라마로 제작될 '더 메시지'의 대본을 보며 의아함과 반가움을 드러냈다.

'더 메시지는 열풍을 넘어 신드롬을 일으켰어. 조연이 연기파 배우였고 여자 주인공도 1인 2역을 매우 잘 소화해 냈지. 무엇보다도 시나리오가 좋았어. 원래는 조연이 죽었어야 했는데, 결국…… 살았나?'

마지막을 보진 않았기에 기억이 뚜렷하진 않았다.

그러나 확실하게 기억하는 건, 이 드라마는 종편 채널은 물론 지상파마저 흔들어놓을 만큼의 시청률을 기록했다는 것이다.

"자……."

모두를 제지하고 '더 메시지'로 밀어붙이려던 강윤은 잠시 말을 멈췄다.

'잠깐. 2014년에 제작된다면 이 드라마가 흥행할 수 있을까? 그리고 여주인공을 진서가 맡는다고 괜찮을까? 걸리는 게 많네.'

결과를 안다고 해봐야 말 그대로 회귀하기 전의 일일 뿐이다. 이제부터 만들 미래의 일은 쉽게 예측하기 힘들었다.

강윤은 연신 설전 중이던 두 사람을 제지하고 말을 꺼냈다.

"강 팀장. 진서와 이야기는 됐습니까?"

강윤의 물음에 강기준이 답했다.

"진서는 몇 번 더 읽어보고 결정하겠다고 했습니다. 마음이 가는 대본은 있다고 하는데, 말을 해주진 않았습니다."

"흐음…… 지금쯤이면 일어났겠죠?"

강윤이 시계를 보니 점심시간이었다. 그는 강기준에게 민진서에게 연락해서 점심약속을 잡았다.

곧 세 사람은 이현지의 집으로 향했고 민진서를 픽업해 근처의 룸식 식당으로 갔다.

밥을 먹으며 강윤은 작품 선정에 대해 민진서에게 물었다.

"작품 결정은 했니?"

어려운 질문이었는지 민진서는 곤혹스러운 얼굴로 답했다.

"그게…… 아직이요. 오랜만에 하는 거라 쉽게 결정하기가 힘드네요."

"생각해 둔 건 있다고 들었는데, 혹시 들을 수 있을까?"

"그게……."

민진서는 주저하는 듯하다가 대본 하나를 집어 들었다. 그녀가 선택한 건 '더 메시지'라고 쓰여 있는 대본이었다.

그 모습에 강기준이 조금은 굳은 얼굴로 입을 열었다.

"진서야. 이건 러브라인도 거의 없고 종편이잖아. 게다가 내용이 워낙 독특해서 투자자도 반신반의하고 있는 상황이야. 상대 배우도 결정되지 않았고……."

강기준이 난감한 표정을 지었다.

시나리오만 따져보면 엄지손가락을 치켜들만한 내용이었다. 그래서 시나리오를 가져왔지만, 막상 생각해보니 그놈의 트렌드가 문제였다.

"고민이 되기는 해요. 가장 마음에 드는 작품이기는 한데……."

민진서가 곤란한 표정을 짓자 이번에는 이현지가 나섰다.

"진서야. 하고 싶은 작품에 끌리는 건 이해해. 하지만 이번 작품은 정말 중요해. 이번에 컴백하면 1년? 아니, 늦으면 2년이 될 텐데, 작품이 실패하면 어떻게 되겠어? 심하면 슬

럼프나 우울증이 올 수도 있어."

"저도 그것 때문에 고민이에요. 이사 언니. 트렌드도 중요한데……."

강기준도 이현지와 같은 생각이었는지 '더 메시지'에 대해 회의적으로 나왔다.

만약 민진서가 밀어붙이면 그 작품을 할 수도 있었겠지만, 그녀는 자기 의견만 주장하는 것이 아니라 여러 사람들의 의견을 들을 줄 아는 사람이었다. 세 사람은 아웅다웅하며 드라마 선택에 관한 이야기를 나누었지만 쉽게 결론은 나지 않았다.

그러다가, 이현지가 강윤에게로 눈을 돌렸다.

"오늘따라 사장님이 말이 없으시네요."

조용히 모두의 이야기를 듣고 있던 강윤은 웃음 지었다.

"그렇습니까?"

민진서도 이현지의 말에 동의했다.

"네. 저, 선생님 생각은 어떠세요?"

민진서도 강윤의 의견을 듣고 싶었는지 눈을 초롱초롱 빛냈다.

강윤은 잠시 생각하다가 차분한 어조로 운을 뗐다.

"이사님과 강 팀장, 그리고 진서 생각이 모두 다른 겁니까?"

강윤의 물음에 세 사람은 묵묵부답이었다.

현재, 모두의 생각에는 마땅한 근거가 있었다.

트렌드, 거대한 자본. 그리고 시나리오.

모두가 중요하고 무시하기 힘든 기준들이었다.

'작가를 믿는다. 트렌드를 믿는다. 그리고…… 진서다.'

티격태격한 세 사람을 보며, 강윤은 중요한 기로에 섰다는 것을 느꼈다.

'진서의 눈을 믿어보자.'

강윤은 뜻을 정했다.

더 메시지.

그의 과거에 흥행했던 드라마를 선택한 민진서의 안목을 믿기로 말이다.

"이걸로 가는 게 어떻습니까?"

강윤이 '더 메시지' 대본을 집어 들자 이현지의 눈이 휘둥그레졌다.

"사장님. 그건…… 잠깐만요. 그게, 시나리오가 좋은 건 인정하는데…… 종편이에요. 아무리 잘 돼도 시청률이 일정 치 이상 넘기가 어려울 거예요."

그러나 강윤은 고개를 흔들었다.

"전 진서의 연기, 시나리오의 힘이라면 종편이라고 해도 사람들을 끌어 모을 수 있다고 생각합니다."

그 말에 강기준 팀장은 곤란한 표정을 지었다.

"진서의 연기력, 탄탄한 시나리오라면 당연히 큰 영향력을 발할 거라고 생각합니다. 하지만 러브라인도 약하고 게다가 종편. 투자자들도 마땅하지 않아서…… 사장님. 이건……."

"연출진은 어떻습니까?"

"연출진도 훌륭합니다. 그 밑에 모여 있는 제작팀도 정평이 나있죠. 다만, 배우 섭외가 쉽지 않다고 합니다. 사장님. 전 이걸 권하기가 쉽지 않습니다. 투자자, 섭외 문제 등 굵직한 문제들이 여럿 있습니다."

투자자, 배우 문제 등이 얽혔다면 강윤도 쉽게 수락을 하기 힘들었다. 그래서 아쉬움을 달래고 대본을 내려놓으려는 찰나, 민진서가 말했다.

"선생님. 이거 정말로 하기…… 힘들까요?"

생각을 굳혔는지 민진서가 적극적으로 나서기 시작했다.

배우의 뜻이 굳어지자 이현지는 입을 다물었고 강기준은 난감한 얼굴로 민진서를 설득했다.

"진서야. 방금 이야기 들었잖아. 지금……."

"제가 상대역이라면 누가 안 나오려고 하겠어요."

배우로서의 자신감이 터져 나오자 강기준은 순간 멍해졌다.

강윤은 쿡쿡 대며 웃었고 이현지는 어깨를 으쓱였다.

"배우 뜻이 그렇다면…… 일단 그 작가와 PD를 만나보는 게 좋을 것 같군. 강 팀장, 이거 정말 힘듭니까?"

"하면 하겠지만……."

"그럼 해보죠."

"……괜찮으시겠습니까?"

강기준이 한 번 더 물었지만 강윤과 민진서는 마음을 먹었
는지 흔들리지 않았다.

이현지는 피식 웃음 지었고 강기준은 알았다며 약속을 잡
겠다며 핸드폰을 들었다.

다음 날.

강기준과 강윤, 그리고 민진서는 종합편성채널 중 하나인
AHF 방송국으로 향했다.

배우 섭외에 애를 먹고 있던 '더 메시지' 제작진들은 민진
서의 방문에 국빈과 같은 대접을 해주었다. 회의실에서 머그
컵에 원두커피를 마시며, 민진서는 김세영 작가의 이야기에
귀를 기울였다.

"진서 양이라면 저희야 환영이죠. 그런데 정말 괜찮겠
어요?"

김세영 작가는 쌍꺼풀 없는 눈을 몇 번이나 껌뻑이며 묻자
민진서는 미소를 지으며 답했다.

"네. 시나리오가 너무 좋았어요. 과거와 현재의 시간이 연

결되어 사건이 해결된다는 것이 너무 좋았어요. 과거의 '미림'과 미래의 '미림'을 함께 연기해야 한다는 게 쉽지 않을 것 같긴 하지만……."

민진서는 김세영 작가와 김장선 PD에게 어떻게 연기를 해야 할지 생각한 바들을 풀어놓았다.

일류배우라고 거만할 줄 알았던 민진서가 이렇게 적극적으로 나오자 두 사람은 오히려 당황했다.

화기애애한 분위기 속에 민진서의 섭외가 이루어졌다.

"이제 저희 이야기를 할 때가 왔군요. 잠시……."

그때 뒤에서 근심 어린 표정을 짓고 있던 강기준이 김장선 PD와 잠시 자리를 비웠다. 출연료 협상을 위해서였다.

민진서는 김세영 작가와 시나리오에 대해 이야기하며 연기에 대한 맥을 짚어나갔다.

홀로 남은 강윤은 조용히 자리에서 일어나 옥상으로 향했다.

"후우."

며칠 만에 피어 보는 담배 연기가 찬바람에 날려 하늘로 흩어졌다.

추운 날씨 탓인지 옥상 정원에서는 사람들도 거의 없었다.

'춥다…….'

추위 때문일까. 입가의 담배가 빠르게 타들어갔다.

찰나의 휴식을 즐기고 안으로 들어가려는데 한 여자가 또각또각 소리를 내며 강윤에게 걸어오고 있었다. 둥글둥글한 얼굴이 인상적인 40대 여성은 주머니를 뒤지다가 라이터가 없는 걸 발견하고는 막 들어가려던 강윤을 돌아보았다.

"저기 불 좀 빌려…… 아."

불을 빌리려던 그녀는 강윤을 알아보았는지 놀란 표정을 지었다.

강윤이 의아한 표정으로 라이터를 건네자 그녀는 정중히 고개를 숙였다.

"이강윤 사장님이시죠?"

"그렇습니다만, 실례가 안 된다면 누구신지……?"

그녀는 엷게 웃으며 자기소개를 했다.

"정식으로 인사드리는 건 처음이네요. GNB엔터테인먼트의 사장, 한영숙입니다."

강윤을 보며 반가움을 표하는 40대 여성. 그녀는 가수 은하의 라이벌 나엘의 소속사 GNB엔터테인먼트의 대표, 한영숙이었다.

"이강윤입니다. 아, 업계에서 중요한 분의 얼굴도 기억을 못 하다니…… 민망하군요."

강윤은 멋쩍은 미소를 지으며 한영숙 사장의 손을 맞잡았다. 대기업 베네스를 뒤에 두고 사업을 확장해 가는 GNB엔터테인먼트의 사장을 못 알아보다니, 민망할 만했다.

그러나 한영숙 사장은 괜찮다며 미소로 답했다.

"서로 공식적인 자리에서 몇 번 얼굴만 본 정도니 기억하기 힘든 게 당연하죠. 대화를 나눌 기회도 거의 없었고…… 아무튼 반갑네요, 이 사장님."

"저도 그렇습니다. 이렇게 만나게 돼서 반갑습니다."

강윤은 그녀에게 불을 붙여준 후, 다시 자신의 담배에 불을 붙였다. 관계를 돈독히 하는 데는 담배만한 것도 없는 듯했다.

하늘로 연기가 흩어지는 가운데, 한영숙 사장이 웃으며 최근 대두되는 화제를 꺼냈다.

"최근 MG가 돌아가는 모습이 심상치 않더군요. MG의 주주들이 조금씩 주식을 내놓고 있다는 소문이 돌고 있어요. 그걸 또 누가 사서 모으고 있고…… 최근엔 인재 유출 문제까지. 연습생들부터 가수까지 분위기가 말이 아니라는군요."

강윤은 연기를 하늘로 뿜어내며 쓴 표정을 지었다.

"후우. 씁쓸합니다. 그래도 한때는 최고의 엔터테인먼트 회사였는데……."

"그러게요. 우리나라 엔터테인먼트의 시작은 MG라고 해도 과언이 아니었는데…… 달도 차면 기우나 보네요."

한영숙 사장도 연기를 뿜으며 씁쓸한 미소를 지었다.

스타타워 문제부터 인재유출, 최근에는 가수와 연습생들의 동요에 경영진들의 의견대립까지, MG엔터테인먼트는 수많은 난제를 안고 있었다.

강윤은 담배를 비벼 끄며 말했다.

"MG도 여러 가지 방안을 고심하며 결정했을 거라고 생각합니다. 장기적으로 임대보다는 건축이 유리하지요."

"그 말이 맞지만…… 유로스 쇼핑몰 리모델링을 고려 안했어요. 그게 커요. 매우."

한영숙 사장은 단호했다. 그녀는 스타타워는 어리석은 건축이었다며 MG는 앞으로 더 어려운 길을 걷게 될 것이라고 단언했다.

'리모델링 건은 이상한 게 많다고 생각하지만…….'

강윤은 전체적으로 그녀의 의견에 공감했지만, 뭔가 이상하다고 생각하는 부분은 따로 언급하지 않았다.

MG에 대해 한참 이야기하던 한영숙 사장은 화제를 다른 곳으로 전환했다.

"조만간 에디오스 콘서트가 열린다고 들었어요. 축하드려요. 단독 콘서트라니."

한영숙 사장의 말에 강윤은 적잖이 놀랐지만 내색하지 않고 웃으며 답했다.

"소문이 빠르군요. 어제 회의에서 처음으로 이야기했는

데…… 8월 즈음에 열 생각입니다."

"제가 소문에 많이 민감하죠. 이 사장님이 인기인이기도 하고. 후후."

한영숙 사장의 말에 강윤은 어깨를 으쓱였다.

분명 공연 외주 업체에게 일을 의뢰하는 과정에서 말이 세어 나갔을 것이다. 보안을 언급하지는 않았지만, 그래도 이렇게까지 빨리 소문이 날 줄은 생각하지도 못했다.

"그렇게 봐주셔서 감사합니다, 한 사장님."

"사실인걸요. 아무튼 이번 에디오스 콘서트, 기대할게요. 게스트로 우리 애들도 써주시면 감사하고……."

"하하하. 알겠습니다."

이야기를 마친 후, 강윤은 옥상을 나섰다.

계단을 내려와 엘리베이터 버튼을 누른 후, 강윤은 조금 전의 대화를 돌이켜보았다.

'한영숙 사장이라…… 대기업 베네스의 후광을 얻어 설립된 기업이라며 저평가되고 있었는데…… 역시. 우습게 볼 사람은 아무도 없어.'

엘리베이터가 멈춘 후, 강윤은 다시 드라마 협의를 위해 회의실로 향했다.

3월 중순이 되면서 봄바람이 조금씩 살랑이기 시작했다.

날씨가 풀리면서 SBB '음악나라' 녹화가 있는 등촌동 공개
홀에 팬들이 더 많이 몰려들었다.

그 여파 때문일까.

공개홀에 울려대는 팬들의 외침은 여느 때보다 더 크게 들
려왔다.

"아쉬운 방송을 남겨두고 있어서 그런가요. 벌써부터 팬
들의 외침이 이곳까지 들려오고 있네요. 민아 씨. 한 마디 해
주세요."

음악나라의 여자 MC, 현채원은 아쉬운 표정으로 이야기
했다.

팬들의 외침이 조금씩 잦아들자 대표로 MC가 있는 무대
로 올라온 정민아가 마이크를 들었다.

"팬 분들 덕분에 활동했던 두 달이라는 시간이 굉장히 즐
거웠어요. 다음에 더 좋은 모습으로 돌아오겠습니다."

"와아아아~~!"

정민아의 간단한 인사에 팬들은 열렬히 환호했다. 신기하
게도 그녀는 남녀 가리지 않고 팬이 많았다. 가녀린 외모였
지만, 격렬한 춤을 완벽히 소화하며 항상 노력하는 열정적인

모습을 보이는 등 다양한 매력을 갖추고 있기 때문이리라.

정민아가 마이크를 넘기려고 할 때, MC 문우혁이 물었다.

"하실 말씀이 있지 않으십니까?"

"아!"

정민아는 뭔가 잊은 게 있다는 듯, 멋쩍은 미소를 지은 후 다시 마이크를 잡았다.

"저희가 곧 콘서트를 해요."

그 말이 끝나자마자, 엄청난 환호성이 공개홀을 덮쳤다. 소리가 얼마나 큰지, 순간 MC와 정민아의 멘트가 묻혀버릴 정도였다.

정민아는 팬들의 소리가 잦아들자 말을 이어갔다.

"처음으로 여는 전국투어 콘서트입니다. 열심히 준비할 테니까 많이들 와주세요. 감사합니다!"

"와아아아아아아아~!"

짧은 홍보가 끝나고 정민아는 활기차게 무대로 뛰어갔다.

얼마 있지 않아 무대에 불이 들어오고 에디오스 멤버들이 대열을 갖춰 무대에 섰다.

곧 음악이 울려 퍼지자 팬들이 환호성이 그녀들을 덮쳐왔다. 고별무대라고 에디오스는 두 곡을 준비해왔다.

이미 발표했던 곡과 이번 앨범에 수록된 곡.

원래는 후속곡으로 활동을 할 예정이었지만 후속곡 활동

은 다음 일정의 변화로 취소되었다.

"감사합니다!"

"와아아아아~~!"

고별무대는 빠르게 마무리되고 에디오스 멤버들이 손을 흔들며 퇴장했다.

무대 뒤편에서 에디오스 멤버들이 동그랗게 모였다.

"수고했어!"

에디오스 멤버들은 서로를 부둥켜안으며 활동의 끝을 자축했다. 짧은 활동이었지만, 1년 만의 활동은 그녀들에게 남긴 것이 많았다.

모두가 기쁨에 젖어 있을 때, 한주연이 말했다.

"이제 다음 거 준비해야지."

그 말에 크리스티 안이 동의했다.

"그러게. 근데 전국투어 하는 거야? 진짜?!"

아직도 반신반의한지, 그녀의 눈은 멍했다. 다른 멤버들도 전국투어 콘서트가 믿어지지 않는지 얼떨떨한 눈초리였다.

그러나 정민아는 박수를 치며 멤버들의 시선을 모으고는 말했다.

"자자자. 아저씨가 한다면 하는 거지. 그 양반 말대로 오늘하고 내일은 놀고. 모래부터 죽도록 준비하는 거다? 알았지?!"

"예압!"

대기실로 향하는 에디오스 멤버들의 눈은 평온하면서도 강하게 빛나고 있었다.

항상 바쁘게 돌아가는 월드엔터테인먼트였지만 3월 말이 되니 몇 배는 더 바삐 돌아가기 시작했다.

에디오스의 전국투어 콘서트 준비. 거기에 민진서의 컴백까지 맞물리니 그녀들을 서포터 하는 사무실 직원들이 죽어나고 있었다.

물론, 가장 죽어나는 건 다름 아닌 이현지였다.

"……끝이 안 나는군요."

정혜진이 올린 결제안에 사인을 해주며 이현지는 짧게 한숨을 내쉬었다. 부하 직원에게 거의 감정표현을 하지 않는 그녀의 성격상 이 정도도 대단한 일이었다.

"이사님. 저희…… 너무 힘들어요."

"……힘내요."

이현지도 달리 할 말이 없었다.

씩씩한 정혜진도 앓는 소리를 내게 만드는 원인은 다름 아닌 과중한 업무였다.

드라마와 콘서트.

완전히 다른 성격의 두 가지 업무를 한 번에 하려니 직원들이 죽어날 수밖에 없었다.

'비효율적이야.'

사무실이 삐거덕대며 돌아가니 강윤도 한숨이 나왔다.

'인원이 부족하기는 하지만…… 지금 팀을 나누는 게 낫겠어.'

강윤은 조금씩 전문적으로 인원을 배치하며 팀을 나눌 생각이었지만 생각을 바꿨다.

그는 먼저 이현지를 옥상으로 불러 자신의 생각을 털어놓았다.

"사장님 말이 맞아요. 콘서트, 드라마. 사실 한 팀이 두 개의 업무를 다 하는 건 효율이 없어요. 아니, 이참에 팀을 세분화하는 게 어떨까요? 총무, 인사까지 포함해서요."

이현지는 강윤의 의견에 살을 보탰고 강윤은 바로 실행에 옮겼다. 그 결과 월드엔터테인먼트에 대대적인 인사이동이 벌어졌다.

먼저 강기준은 자신과 함께 일할 직원들을 선발했다. 가수담당팀과 배우담당팀의 완전한 분화가 이루어진 것이다. 거기에 강윤은 가수담당팀에서 또 콘서트나 녹음 등을 담당할 공연전문팀을 분화시켰다. 오지완 프로듀서나 희윤 등이 여기에 포함됐다.

그렇게 며칠을 인사이동과 업무 분화에 소모했다. 그러자 처음엔 역효과가 나던 업무효율에 탄력이 붙더니 곧 몇 배의 효율을 내기 시작했다.

배우 담당팀이 늘어나면서 강기준의 일이 줄었고 가수 담당팀의 업무가 세분화되면서 전문화, 분업화가 된 것이 주된 요인이었다.

업무 효율이 늘어나자 여유가 생긴 이현지는 그동안 여유가 없어서 진행하지 못한 신입사원 선발에 다시 전념할 수 있게 되었다.

그렇게 며칠이 지난 후였다.

루나스에서 업무에 전념하고 있어야 할 강기준이 강윤의 사무실로 달려왔다.

"사장님."

강윤은 이마에 땀을 흘리며 달려온 강기준에게 숨을 고르게 한 후 자리를 권했다.

그러나 그는 다급한 얼굴로 강윤의 손을 붙잡았다.

"지금 AHF에서 연락이 왔는데, 이번에 촬영에 들어갈 드라마가 엎어지게 생겼답니다."

"네? 그게 무슨 말입니까?"

민진서의 출연소식이 알려지자 투자자와 배우 등의 섭외가 순조롭게 진행되고 있다는 말을 들은 게 불과 3일 전이었다.

그런데 작품이 엎어지게 생겼다니…….

강기준은 침을 꿀꺽 삼치며 말을 이어갔다.

"김세영 작가와 투자자들 간의 알력다툼이 있었답니다. PPL을 넣을 수 있을지의 여부, 그리고 러브라인의 추가. 이것들이 문제가 되었습니다."

"작가와 투자자들이 타협을 하지 못했군요. 작품을 엎겠다는 말까지 나온 걸 보니…….

"……네. 그 김세영 작가 고집이 보통이 아니랍니다. 투자자들은 시나리오에 확신을 가지지 못했는지 러브라인은 꼭 있어야 한다는 입장이고 김세영 작가도 마구잡이식 PPL이나 러브라인은 수용하기 힘들다며 맞서고 있습니다."

강윤은 머리를 감싸 쥐었다.

투자자라면 사람들이 선호하는 안정적인 것을 따라갈 수밖에 없다. 그건 이해할 수 있었다.

그런데 '더 메시지'에 러브라인이 들어간다?

그렇게 제작된 드라마가 사람들에게 어필할 수 있을지 강윤은 의문이었다.

"……일단 며칠 기다려보지요."

"사장님 저희가……."

"당장 할 수 있는 게 없잖습니까."

"……."

강윤의 말에 강기준은 순간 말문이 막혀버렸다.

배우의 소속사에서 나서서 작가와 투자자가 다투지 말라고 이야기 할 수도 없는 노릇. 거기에 아직 제작된다는 기사도 나가지 않은 상황이다.

만약 엎어진다면 다른 시나리오를 찾으면 될 뿐이었다.

"저는 일단 다른 작품들을 찾아보겠습니다. 그럼."

"그렇게 해주세요. 아."

강윤은 뭔가 생각난 것이 있는지 나가려던 강기준을 붙잡았다.

"강 팀장. 혹시 모르니까 우리가 직접 투자를 하는 방향도 생각해보지요."

"직접…… 말입니까?"

강기준이 의아스러운 얼굴로 묻자 강윤은 고개를 끄덕였다.

"네. 연기자 민진서에 좋은 시나리오. 투자할 만한 가치가 있다고 생각합니다. 강 팀장 생각은 어떻습니까?"

"흠. 진서와 좋은 시나리오…… 하긴. 저도 좋은 선택지라고 생각합니다. 아, 저희 뮤지션이 음악으로 참여하는 방법은 어떻습니까? 노래만 참여하는 것이 아니라 음악에도 참여하는 것이죠."

"괜찮군요. 알겠습니다."

이야기를 마친 후, 강기준은 루나스로 돌아가 일에 열중했다.

그렇게 다시 며칠이 지났다.

월드엔터테인먼트에 청천벽력 같은 소식이 날아들었다.

"……엎어졌다? 투자가 철회되었단 말입니까?"

강기준이 아닌, AHF 방송국의 김장선 PD에게 걸려온 전화를 받은 강윤은 당혹감을 감추지 못했다.

─죄송합니다, 사장님. 진서 씨도 섭외가 됐는데 일이 이렇게 될 줄은…….

"아닙니다. 세상일이 마음대로 되는 건 아니잖습니까."

─죄송하게 됐습니다. 저흴 믿어주셨는데…… 나중에 술한 잔 사겠습니다.

미안한 마음으로 술자리까지 언급한 김장선 PD는 우울함과 미안한 기색을 감추지 못했다.

강윤은 괜찮다며 차분한 어조로 말했다.

"괜찮습니다. 그렇다면 한번 찾아뵈어도 되겠습니까?"

─언제 말입니까?

강윤은 오늘 저녁에 보자고 이야기했다. 미안한 마음을 가지고 있던 김장선 PD는 바로 강윤의 말에 수락했다.

그날 저녁.

김장선 PD와 김세영 작가, 강윤과 강기준은 종로의 한 한 정식 집에서 술잔을 나누었다.

"……죄송합니다, 사장님."

김장선 PD는 강윤의 술잔을 채워주며 미안함을 드러 냈다.

강윤은 부드럽게 웃으며 고개를 흔들었다.

"투자자들 비위맞추는 게 쉬운 일은 아니잖습니까."

"진서 씨까지 섭외했는데…… 설마 투자를 철회할 거라고 는…….."

김세영 작가 역시 낙담한 기색이 역력했다. 그녀는 맞은편 에 앉은 강기준과 술잔을 교환하며 이야기를 맞춰나갔다.

모두의 얼굴에 웃음기가 돌며 술기운이 돌 때쯤 즈음, 강 윤이 조금은 붉어진 얼굴로 술잔을 내려놓았다.

"PD님, 작가님. 지금부터 제가 제안을 하나 하려고 하는 데 들어보시겠습니까?"

김장선 PD와 김세영 작가는 의아해하며 그의 말에 귀를 기울였다. 사전에 이야기한 바가 있는지, 강기준은 덤덤한 얼굴이었다.

"그 드라마 투자 말입니다. 저희 월드가 했으면 합니다."

강윤의 엄청난 말에 김세영 작가와 김장선 PD의 눈이 경악과 기쁨으로 물들어갔다.

"이 사장님. 지금 그 말씀……."

김세영 작가는 목소리를 가늘게 떨었다.

월드엔터테인먼트가 승승장구하는 것이야 이미 너무도 잘 알고 있었다.

지금까지 실패 한 번 하지 않은 마이더스의 손, 이강윤. 그가 자신의 드라마에 투자를 하겠다고 나서다니…….

김장선 PD도 애써 자신을 추스르기 위해 애썼지만, 흥분은 쉽게 가시질 않았다.

"하, 하하. 하하하. 서, 설마…… 짓궂은 농담이라면 진심으로 화낼 겁니다."

"그런 농담을 즐기는 취미는 없습니다."

강윤이 단호하게 이야기하자 김장선 PD는 저도 모르게 양손의 주먹을 불끈 쥐었다. 여유를 가장했지만, 사실 그들에겐 여유가 없었다.

떨리는 목소리로 김장선 PD는 강윤에게 고개를 숙였다.

"이, 이 사장님. 진서 씨에 이어 투자까지…… 이건 뭐라고 해야 할지……."

"대신 조건이 있습니다."

조건이라는 말에 두 사람의 흥분이 조금씩 잦아들었다.

이미 이전에 PPL, 시나리오 참견 등 투자자들의 갑질에 시달렸던 그들이었다.

세상엔 공짜란 존재하지 않는 법이라지만 이번 갑은 어떤 조건을 내세울지, 그들은 바짝 긴장했다.

하지만 그들의 걱정과 다르게 이번 투자자는 조금 달랐다.

"OST 만큼은 전적으로 월드에서 작업할 수 있게 해주셨으면 합니다. 드라마에 들어가는 모든 곡을 말입니다. 곡을 선정하는 일은 PD님께 맡기겠습니다. 몇 번이고 돌려보내셔도 별말을 하지 않겠습니다. PPL도 극의 진행에 어긋난다면 받지 않으셔도 좋습니다."

"……네."

이건 갑질이라고 할 수도 없었다. 아니, 월드의 음악이라면 오히려 부탁을 하고 싶을 정도였다.

비록 드라마 음악은 해본 적이 없다지만 그곳에는 엄청난 작곡가 뮤즈와 요즘 주가를 올리고 있는 뮤지션들이 즐비했다.

두 사람이 기뻐하고 있는데, 강윤의 다음 조건이 이어졌다.

"시나리오는 작가님이 더 잘 아실 테니 터치하지 않겠습니다. 이런 조건으로 최고 시청률 4.2%, 평균 시청률 2.1%을 넘은 후, 증가분에 따라 민진서와 투자자에게 보너스를 지급

할 것. 이게 제 조건입니다."

음악을 제외하고는 아무런 터치를 하지 않겠다는 파격적인 조건. 거기에 월드엔터테인먼트의 음악이라면 오히려 그가 나서서 부탁하고 싶었다.

그러나 최고 시청률 4.2%. 평균 시청률 2.1% 이후 보너스 지급 조건이 마음에 걸렸다.

"저기, 사장님."

김세영 작가가 조심스럽게 말을 걸었지만 강윤은 단호했다.

"최소 조건입니다."

"……."

"제가 까는 명석은 이 정도 입니다. 선택은 제작진 몫입니다."

김장선 PD와 김세영 작가는 명해졌다.

추가 지급이 약간 걸리기는 했지만 이렇게까지 자신들을 믿어주는 사람이 있었던가. 그들의 머릿속에 투자자에게 굽실대며 투자를 부탁하던 시간들이 세록세록 떠올랐다.

이윽고 김장선 PD와 김세영 작가는 자리에서 일어나 고개를 숙였다.

"……최선을 다해 보겠습니다."

강윤도 자리에서 일어나 그들에게 손을 내밀었다.

서로가 손을 굳게 맞잡았을 때 강윤이 말했다.

"앞으로의 이야기는 강 팀장과 하시면 됩니다. 각자의 분야에서 최선을 다해 봅시다."

"네!"

마지막이라고 생각했던 술자리에서, 희망이 새롭게 솟아나기 시작했다.

낙담했던 사람들의 변화와 웃는 강윤을 바라보며 강기준은 생각했다.

'……반드시 성공하자.'

그의 마음에 성공에 대한 의지가 활활 타오르고 있었다.

[드라마 '더 메시지', 월드엔터테인먼트 제작참여 결정. 케이블에 새 바람 불까?]

월드엔터테인먼트(이하 월드)가 종합편성채널 AHF 방송국에서 방영하는 '더 메시지' 제작에 참여한다.

드라마 '더 메시지'를 연출하는 김장선 PD는 여러 투자자들과 컨텍을 했지만 시나리오나 PPL 등에서 자유로울 수 있다는 이유로 월드엔터테인먼트와의 계약을 선택했다.

배우 민진서가 여자 주연으로 확정되었고 남자 주인공 주원 역에 한태성, 기현 역에 문혁이 오르내리고 있으며……중략…….

지금까지 음악 엔터테인먼트 회사가 드라마 제작에 나서 성공을 거둔 사례가 없는 만큼, 이번 사례가 분수령이 될 수 있을지 귀추가 주목되고 있다.

"일이 너무 커진 것 아닌지 걱정입니다."

강기준은 컴퓨터를 끄며 우려 섞인 목소리를 냈다.

이제는 단순히 배우를 밀어 넣을 때와는 상황이 완전히 달라졌다. 투자자가 되니, 강기준의 고충은 여간 큰 것이 아니었다.

그러나 그의 마음을 모르는지 소파에 앉아 있던 강윤은 편안한 표정이었다.

"너무 크게 걱정하지 않아도 될 겁니다. 다들 능력 있는 사람들이니……."

"……죄송한 말씀이지만, 전 가끔 사장님을 보면 모든 걸 내려놓은 사람같이 느껴집니다."

"하하하. 그래요?"

강윤은 가볍게 웃었지만, 강기준의 얼굴에는 걱정이 가득했다.

"저도 결국은 찬성했지만 전 이번 투자를 너무 서둘러 결정하신 것 같아 걱정입니다. 배우 섭외까지 그쪽에 맡겨놓는

다니…… 칼자루까지 저쪽에 쥐어준 것 아닌지 걱정입니다."

"강 팀장."

강기준은 작정했다는 듯, 자리에서 일어나 강윤 앞에 앉았다.

그는 이번 투자는 위험하다며 열변을 토했다.

"솔직히 말씀드리면 전 투자가 썩 만족스럽지는 않습니다. 달랑 케이블 TV 방송권 하나 가지고 있는 대본에 그렇게 많은 자유를 안겨줄 필요까지 있었을지……. 사장님 손이 큰 건 알지만 이번 건은…… 죄송합니다. 어떻게든 말씀을 드려야 할 것 같았습니다."

목소리를 떨면서 그는 강한 어조로 말했다. 그러다 결국 그는 한숨을 쉬며 말을 멈췄다.

강윤은 그의 의도가 좋은 곳에서 나왔다는 것을 알았다.

"강 팀장."

"……사장님. 무례를 저질러 죄송합니다."

"아닙니다. 강 팀장, 제가 보지 않는 면을 이야기해 줘서 고마워요."

강윤은 들고 있던 커피 잔을 내려놓았다.

"남들이 보기엔 그렇게 보일 수도 있을지 모르겠습니다. 하지만 내가 본 김장선 PD나 김세영 작가는 아무나 섭외를 하는 사람들은 아니었습니다. 그렇다면 PPL 문제로 전 투자자들과 마찰을 일으키진 않았겠죠."

"그건…… 그렇습니다만…… 그렇다고 우리가 예술 영화를 찍는 것도 아니잖습니까. 저는 그 투자자들이 이야기했던 러브라인 문제에도 일리가 있다고 생각합니다."

"나는 그 생각에는 반대입니다."

"사장님."

강기준의 눈이 화등잔만 해질 때, 사무실로 전화가 걸려왔다. 여직원이 전화를 받더니 강윤에게 이야기했다.

"사장님. 본사 사무실인데 추만지 사장님이 오셨다고 합니다."

"추 사장님이? 그래요? 알겠습니다."

강윤은 자리에서 일어났다.

"강 팀장. 내가 강 팀장보다 드라마를 잘 알지는 못하지만, 이건 압니다. 대세도 언젠가는 기울게 마련이라고. 대세가 가면, 새로워 보이는 것에 열광하는 사람들도 반드시 있게 마련이라고."

이야기를 마친 후, 강윤은 루나스 사무실을 나섰다.

그런 그의 뒷모습을 바라보며 강기준은 멍하니 중얼거렸다.

"새로워…… 보이는 것?"

그의 말을 곱씹으며 강기준은 멍하니 읊조렸다.

강윤은 바로 사무실로 향했다.

사무실로 올라가니 추만지 사장이 이현지와 함께 커피를 마시며 담소를 나누고 있었다.

"이 사장님!"

"오랜만입니다."

강윤을 보자마자 추만지 사장은 자리에서 일어나 그를 끌어안았다.

"하하하. 이 사장님. 얼굴이 좋아 보입니다."

"추 사장님은…… 조금 까매지셨습니다. 이거, 혼자서 바닷가라도 다녀오신 겁니까?"

"걸렸나요? 하하하."

세 사람은 자리에 앉아 커피를 마시며 이야기를 나누었다.

조금 전에 커피를 마셨기에 강윤은 물을 들고 근황에 대해 물었다.

"다이아틴은 완벽히 중국에서 자리를 잡은 것 같습니다. 행사비도 많이 올랐다고 들었는데……."

"네. 주가가 조금씩 오르더니 이제는 제법 됩니다. 이젠 에디오스라고 해도 중국에서는 충분히 맞설 수 있을 것 같습니다. 하하하."

"그렇습니까?"

추만지 사장의 여유로운 모습을 보며 강윤도 기뻐했다. 개인적으로 다이아틴을 좋아하기도 했고.

여유롭게 커피를 즐기던 추만지 사장은 이현지에게로 눈을 돌렸다.

"현지야. 요새 만나는 사람 없니?"

"요즘은 혼자가 편하네요. 일도 즐겁고. 남자라고 해봐야 눈에 차는 사람도 딱히 없어서……."

그러자 추만지 사장이 손가락을 흔들며 강윤에게로 시선을 돌렸다.

"저런. 사장님, 우리 현지 말하는 것 보세요. 혼기도 넘긴 녀석이 저렇게 혼자…… 흡."

추만지 사장은 이현지의 눈에서 나오는 불꽃에 말을 잇지 못했다.

두 사람이 남매같이 친하다는 걸 아는 강윤은 피식 웃으며 답했다.

"소개해드리고 싶지만, 이사님 눈높이에 맞추려면 쉽지 않을 것 같아서 말입니다."

"이러다 혼자서 늙으면……."

"아, 오빠."

이현지는 사무실에서 일에 열중하는 직원들을 가리켰다.

강윤과 추만지 사장은 부끄러워하는 이현지의 모습에 웃음을 터뜨렸다.

"하하하하."

분위기는 화기애애했다.

윤슬이나 월드나, 최근 밝은 분위기를 반증했다.

한참을 밝게 이야기를 나누던 추만지 사장은 조금은 진지한 얼굴로 말했다.

"이제는 월드의 규모가 확실히 예랑과 비등하거나 넘어설 정도는 된 것 같습니다. 드라마 투자까지 나설 수 있을 정도라면 말이죠."

주식상장이 이루어지지 않았기에, 월드는 수익을 공개하지 않는다. 짐작일 뿐이었지만 추만지 사장의 예상은 대충 맞아 떨어졌다.

그러나 강윤은 고개를 흔들며 낮은 자세로 나왔다.

"아직은 멀었습니다."

"조금은 고개가 뻣뻣해질 법도 한데, 딱딱하긴."

월드의 성장세는 놀라울 만했다.

예랑이 중국시장 실패와 이후 뚜렷한 스타가 없어 이름값이 떨어지고 있기는 했지만 여전히 위세는 대단했다.

그런데 그 자리를 위협하는 회사가 월드였다.

가수가 하고 싶은 노래를 부르게 해주며 이루어 낸 성과들이 쌓여 만들어낸 결과물이었다.

이후, 이현지가 외주 업체들과 통화건이 있다며 자리에서 일어났다.

추만지 사장은 담배가 생각난다며 강윤에게 함께 밖으로 나갈 것을 제의했고 두 사람은 나란히 옥상으로 향했다.

"요새 저런 먼지도 좋습니다. 하하."

추만지 사장은 뿌연 하늘을 바라보며 허공에 연기를 흩뿌렸다. 중국으로 인해 싱글벙글한 그의 기분을 잘 아는 강윤도 연기를 뿜으며 답했다.

"그러실 만하지요. 그래도 상해 공기가 많이 안 좋긴 하지요?"

"네. 낮에도 하늘이 뿌옇습니다. 우리 애들한테도 각별히 조심하라고 하고 있습니다."

"가수는 목이 생명이잖습니까. 조심, 또 조심해야 합니다."

담배를 비벼 끄고 추만지 사장은 강윤에게로 눈을 돌렸다.

"개인적으로 궁금한 게 있습니다."

"말씀하십시오."

"곤란한 질문이면 굳이 답하지 않으셔도 괜찮습니다."

강윤은 의아했다.

대체 얼마나 짓궂은 질문을 하려는 건지.

아니나 다를까.

"드라마 제작 기사를 보고 생각한 건데, 이 사장님. 혹시, 월드의 회장이 되고 싶은…… 겁니까?"

"회장?"

"이런, 말이 조금 실례가 되었군요. 죄송합니다. 하지만 지금까지의 과정을 보니 그렇게 느껴졌습니다. 이번 드라마 투자에 콘서트까지. 드라마 전문팀은 발전해서 투자, 제작, 배우 관리를 할 C&C가 될 테고 콘서트 전문팀은 콘서트 기획 등을 담당할 아트회사가 될 테죠. 그리고 이번에 론칭한 음원사이트 이츠파인도 있군요. 가수 기획사까지 포함하면 벌써 4개. 모두 자회사로 독립하면 충분히 회장님이 되실 수 있겠군요."

추만지 사장의 말이 강윤을 순간 멈칫하게 만들었다.

아직은 멀었다고 생각했는데, 열심히 뛰다 보니 벌써 많은 거리를 달려왔다.

"그런 말씀을 하시는 이유를 알고 싶습니다."

"이유라……."

추만지 사장은 하늘로 눈을 돌렸다가 다시 강윤과 눈을 마주했다. 그는 지금이 중요한 순간이라는 것을 느꼈다.

'역시, 이 사람한테는 요령보다 솔직히 말하는 게 제일이야.'

이리저리 돌려 말하는 것보다 제대로 목적을 말하는 것이 훨씬 나은 사람. 그가 느낀 강윤이라는 사람은 그런 사람이었다.

그래서 그는 정면 돌파를 선택했다.

"그냥…… 진짜 동반자가 되고 싶다고 할까요?"

"이미 우린 뜻을 함께하고 있지 않던가요?"

"하하하. 감사하네요. 그렇다면 이렇게 말하는 게 빠르겠네요. 진짜 동반자로 행동할 때가 왔다고."

추만지 사장은 숨 가쁘게 본론을 이야기했다.

"그 시작으로 이번 에디오스 콘서트, 아주 크게 해보지 않으시겠습니까? 아주아주 크게 말이죠."

"아주아주 크게? 무슨 말씀이신지?"

추만지 사장의 눈이 날카롭게 빛났다.

"에디오스에 다이아틴을 더하는 겁니다. 콘서트도 단기적으로 하는 것이 아닌, 전국 규모로 확대하지요. 저희도 자금을 투자하겠습니다. 두 회사의 자금을 들여 콘서트를 여는 겁니다. 거기에 전 월드의 콘서트 노하우를 배우고 월드는 윤슬이 개척한 중국 시장에 발을 들인다. 서로가 동반자가 될 수 있는 길이라고 생각합니다."

강윤은 턱에 손을 올리며 생각에 잠겼다.

'우리는 콘서트 노하우, 윤슬은 중국시장 인맥이라…….'

강윤은 예랑과 윤슬, 두 기획사가 가지고 있는 것들을 놓고 저울질을 했다.

어느 것이 더 크다고 말할 수가 없었다. 3대 기획사라고 해도 MG 정도만 거대 콘서트를 기획할 능력을 갖추고 있었다. 예랑이나 윤슬의 경우 콘서트는 거의 외주에 의지하는 형편이었다.

반면, 중국 시장은 한국 소속사라면 누구나 가고 싶어 하지만 인맥을 형성하기가 만만치 않았다.

비교를 마친 강윤은 차분한 어조로 입을 열었다.

"서로에게 부족한 것을 채운다라…… 환영할 만한 제안입니다."

"원래 지난번 다이아틴 건을 생각하면 이 사장님을 먼저 돕는 게 우선입니다만, 제가 딸린 식구들이 많다 보니……."

추만지 사장은 멋쩍은 미소를 지었다.

그러나 강윤은 고개를 흔들며 반색했다.

"이해합니다."

"그렇게 생각해 주시니 감사합니다. 그 건은 어떤 일이 있어도 갚겠습니다."

이야기가 길어지자 추만지 사장은 다시 담배를 꺼내들었다.

그러나 강윤은 요새 담배가 너무 늘었다며 라이터만 건넸다.

추만지 사장은 마음이 편안해졌는지 길게 연기를 내뿜었고 강윤은 난간에 팔을 기댔다.

"그런데 걸리는 것이 있습니다."

"걸리는 것?"

추만지 사장이 고개를 돌리자 강윤은 차분히 말을 이어 갔다.

"중국에서의 인지도입니다. 콜라보 콘서트를 위해서는 적어도 에디오스의 인지도가 다이아틴과 비슷해야 할 텐데 말입니다."

"콘서트를 통해 데뷔를 하면 안 되겠습니까? 한국에서라면 에디오스의 인지도가 다이아틴보다…… 으, 쓰리군요. 거기에 이 사장님이 기획하는 콘서트라면 임팩트가 상당할 텐데……."

그러나 강윤은 고개를 흔들었다.

"중국이라면 이야기가 달라집니다. 게다가 콘서트. 쉽게 결정하기 힘든 문제입니다."

"다르다?"

"콘서트에는 팬들이 비용과 시간을 쓰고 옵니다. 한 마디로 진짜 팬들이 오지요."

그제야 추만지 사장은 손바닥을 쳤다.

중국에서 팬덤이 형성된 다이아틴과 달리, 에디오스는 신인이나 다를 바 없었다.

한국에서만 콘서트를 한다면 문제가 되지 않겠지만, 중국까지 스케일이 확장되면 이야기가 달라진다. 콜라보 콘서트를 한다면 다이아틴을 보러 오지, 에디오스를 보러 오진 않을 터.

오히려 두 가수가 동원한 팬 문제로 비용 분배문제가 발생할 소지도 있었다.

"괜찮은 생각 같았는데……."

추만지 사장은 실망한 채 어깨를 늘어뜨렸다.

강윤이 긍정적으로 제안을 받아들였다고 생각했는데, 막상 말을 들어보니 그게 아닌 것 같았다.

그러나 한국말은 끝까지 들어보라고 강윤의 말은 거기서 끝이 아니었다.

"1년만 시간을 주십시오."

"1년…… 말입니까?"

추만지 사장이 턱에 손을 올렸다

트렌드가 급변하고 있는 중국에서 1년이라는 시간은 결코 짧은 시간은 아니었다.

"1년……."

추만지 사장은 고민했다.

빠르면 가을, 늦어도 겨울이면 콜라보 콘서트를 할 수 있을 거라고 생각했다. 두 회사의 자금력이나 강윤의 기획력, 두 그룹의 파워를 생각하면 충분히 가능하리라 여겼다.

하지만 1년이라니…….

그의 걱정을 알았는지 강윤이 말을 보탰다.

"보다 철저한 준비를 위해서입니다. 만약, 지금 중국에서 콘서트를 한다면 기껏해야 1만 명의 관객을 동원할 콘서트를 기획하게 될 겁니다. 그러나 1년 뒤라면……."

"……뒤라면?"

"상해 홍커우 콘서트홀에서 공연을 할 수 있습니다. 꼭 그렇게 만들겠습니다."

추만지 사장은 순간 등골이 오싹해졌다.

상해 홍커우 콘서트홀.

6만 명을 동원할 수 있는, 2013년에 완공된 중국에서 가장 큰 실내 콘서트장이었다.

"허…… 홍커우…… 생각이 참……."

"아니면 축구장 빌려서 더 크게 벌려 볼까요? 하하하."

강윤이 너털웃음을 터뜨렸지만 추만지 사장은 웃을 수 없었다. 이미 생각하는 스케일이 다르다고 느꼈기 때문이었다.

하지만 이내 피식 웃으며, 그는 오른손을 내밀었다.

"좋습니다, 좋아요! 까짓것 1년 정도야. 이래야 이 사장님이지!"

강윤은 그의 손을 맞잡으며 답했다.

"자세한 건 차차 이야기하면 될 듯합니다."

"알겠습니다. 저도 조금씩 준비하고 있겠습니다. 벌써부터 기대가 되는군요."

추만지 사장은 옥상이 떠나가라 크게 웃음을 터뜨렸다.

아시아를 뒤흔들어 놓을 두 그룹의 콜라보 콘서트 기획은
이렇게 작은 옥상에서 시작되었다.

♪ ♪♩♪♩ ♪♫♬ ♩ ♪

"차라리 집이 낫지……."

희윤은 모니터에 악보와 악기들을 늘어뜨리며 중얼거렸
다. 그녀의 책상에는 끝이 너덜너덜해진 '더 메시지' 대본이
펼쳐져 있었고 주변에는 구겨진 오선지들이 여기저기 나뒹
굴고 있었다.

"오빠가 사무실 하나 내준다고 하지 않았어?"

희윤의 중얼거림을 들었는지 박소영이 의문 어린 목소리
로 물었다. 작업을 얼마나 했는지 그녀의 눈가에도 다크서클
이 진하게 내려와 있었다.

"기준 오빠 사무실에 에디오스 연습실이 한계야. 하여간
오빠는……."

"나도 그렇게 알고 있는데…… 희윤아. 뭐 들은 거 없어?
혹시…… 건물이라도 올리려나?!"

친구의 말에 희윤이 놀라 자리에서 벌떡 일어났다.

"거언무울?! 얘는!"

MG가 스타타워 때문에 큰 어려움을 겪고 있다는 걸 잘 알기에 희윤은 기겁했다. 오빠를 믿고 있었지만 혹시 건물 욕심에 건설에 나서는 건 아닌지 은연중에 경계를 하고 있었다.

박소영은 조금 민망해졌는지 뒤로 물러섰다.

"하, 하긴. 강윤 오빠가 건물 같은 거에 연연하는 사람은 아니지."

"당연하지."

두 사람 사이에 잠시 어색한 공기가 깔렸다.

박소영이 다시 모니터로 눈을 돌릴 때였다.

딩동. 딩동.

닫힌 방문을 뚫고 작게 벨소리가 들려왔다.

"왔나 보다. 내가 가볼게. 누구세요?"

희윤은 거실로 나가 인터폰을 들었다.

오늘 집에 곡 작업을 함께할 작곡가가 온다고 이야기가 됐었다. 과연 이현지와 함께 웬 머리 긴 남자 한 명이 서 있었다.

곧 문이 열리고 이현지와 함께 160 후반대의 키 작은 남자가 현관에 들어섰다.

"이 사장님은 돈도 많이 벌었으면서…… 하여간."

"안녕하세요, 언니."

"안녕."

집에 민감한 이현지는 짧게 혀를 찼다.

강윤 정도면 좋은 곳으로 이사도 가고 할 수 있을 텐데…….

그걸 아는지 모르는지, 희윤과 박소영의 시선은 그녀와 함께 들어온 남자에게 향했다.

"시로다 씨. 인사해요. 우리 작곡가들이에요. 이쪽은 이희윤, 이쪽은 박소영."

"……시로다 하루입니다."

작은 키와는 어울리지 않는 과묵한 음성이었다.

일본어를 모르는 두 여인이었지만, 가녀리다 못해 소녀 같기까지 한 그의 외견과 완전히 대비되는 목소리는 호기심을 자아내기 충분했다.

"이희윤입니다."

"박소영이에요."

자기소개를 마친 세 사람은 손을 맞잡았다.

그러나 이내 표정 하나 없는 시로다 하루의 모습에 여자들은 어색함을 감추지 못했다.

"희윤아. 저 사람 조금 이상해."

"내가 봐도……."

시로다 하루는 차분, 아니 조용했다. 언어가 통하지 않는다고 해도 존재 자체가 침묵이었다.

희윤과 박소영이 어색한 표정을 지을 때, 이현지가 말했다.

"두 사람, 시로다 씨 많이 도와주세요. 특이하신 분이지만 배울 것도 많은 분이니까."

"네."

"그럼 나도 가볼게요."

몇 마디 나누지도 않고 이현지가 간다고 하자 희윤과 박소영은 기겁하며 그녀의 팔을 붙잡았다.

"언니! 자, 잠깐만요. 설마 저희하고 남자하고 있으라고 하고 가시는 거예요?!"

잘 보이지 않던 희윤의 당황하는 모습이 재미있었는지 이현지는 그녀의 귓가에 속삭였다.

"걱정 마. 세상에서 가장 안전한 남자거든."

"네? 그게 무슨……."

"게이야."

"헉……!"

희윤이 놀라 손으로 입을 막자 이현지는 씨익 웃으며 시로다 하루에게 눈을 돌렸다.

"그럼 우리 애들 잘 부탁드려요."

"……네."

볼일을 끝내자마자 이현지는 바로 사무실로 향했다.

남겨진 희윤과 박소영은 시로다 하루를 어색한 눈으로 바라보았다.

"저기…… 요?"

"…….."

"아하하하."

작업이고 뭐고 이 어색함부터 어떻게든 해야 할 것 같았다.

'아, 오빠!'

희윤은 이 상황을 만든 오빠가 처음으로 얄미워졌다.

중간고사가 끝나고 대학교에서는 축제 준비가 한창이었다.

한국의 명문대학 중 하나인 K대학교에서도 축제 준비로 학생들이 분주하게 움직이고 있었다.

연극영화과의 과방도 축제 준비로 떠들썩했다.

"세영이도 안 되고 지혜도?"

"죄송해요, 선배님. 그날 남자친구가 온다고 해서요…… 군인이라서 보기 힘들거든요. 정말 죄송해요."

연극영화과 3학년 과대표 진영철은 학과에서 손꼽히는 미인이라는 류지혜의 말에 짙은 한숨을 내쉬었다.

"하아…… 고무신이라는데 어쩌겠니."

축제에 최소 여자 다섯 명은 필요한데, 학과 여자들 중 된다는 사람이 단 한 명도 없었다.

진영철은 머리가 지끈거렸다.

그때 2학년 과대표, 주혜승이 말했다.

"형. 차라리 남자들끼리 다른 춤을 준비하면 안 될까요?"

그 말에 3학년 선배 한 명이 발끈했다.

"전통이라고 전통, 전토옹! 어긋나기라도 하면 연극판, 방송판에 있던 선배들까지 뛰어온다고. 그것만 아니었으면 벌써 했지. 1학기는 여자가 중심. 2학기는 남자가 중심이 돼서……하아. 이딴 전통 진짜……."

"……."

과대표마저 전통이 주는 비극에 좌절하니 1학년들은 말할 것도 없었다.

상황은 이런데 먼저 하겠다고 나서는 여자들은 없고…….

'야, 좀 해봐.'

'내가 왜? 네가 해.'

결국 서로에게 눈짓만 주다가 1학년 학생들은 수업이 있다고 과방을 나섰다.

남은 이들은 2학년, 3학년 선배들뿐이었다.

"하여간…… 요즘 년들은 지들 생각만 한다니까."

"내 말이."

선배들은 1학년들의 행태에 짙은 한숨을 내쉬었다.

축제 같은 행사가 있을 때는 연극영화과의 이름으로 뭉쳐야 선후배 간의 정도 돈독해 진다는데, 요즘은 그런 정 따위, 무너진 지 오래였다.

그래도 서까래라도 썰어야 한다며 1학년 남학생이 여장한 채 무대에 오른다는 안까지 나왔다.

"……그래, 될 대로 되라지."

모두가 그렇게 한숨을 짓고 있을 때였다.

"……안녕하세요?"

과방의 문이 조용히 열리며 한 여인이 들어섰다.

"지, 진서 씨. 어, 어서 오세……."

"편하게 말씀하셔도 된다니까, 제가 후배잖아요."

"그, 그, 그러네요. 하하."

K대학교 연극영화과 1학년 학생.

민진서였다.

그녀는 3학년 과대표, 진영철에게 싱그럽게 미소 지었다.

'난 볼 때마다 적응 안 돼.'

'내 말이. 사람 맞아?'

아직도 몇몇 학생들은 그녀가 자신들과 같은 학생이라는 걸 적응하지 못하는 이들도 상당수였다. 비주얼의 끝판왕이라는 연극영화과인데도 말이다.

그 마음을 아는지 모르는지 민진서가 사물함에서 책을 가지고 나가려 할 때였다.

한 남학생이 문을 나서려는 민진서의 앞을 막아섰다.

"저, 저, 저……."

"지한테 하실 말씀이라도……?"

"그, 그, 그, 그……."

앞에 나선 용기와는 다르게 남자는 쉽게 입을 떼지 못했다.

그러나 민진서는 웃으며 그를 기다려 주었다.

'쉬펄! 나 오늘 민진서 팬 한다!'

'나도!'

비키라는 말도 하지 않고 기다려 주는 대스타의 모습은 남학생들을 감동시켰다. 간신히 가슴을 내리누른 남자는 떨리는 목소리로 용건을 이야기했다.

"저, 저희 과 축제 도, 도와주실 수…… 있습니까?"

"네? 축제요? 아. 축제구나."

축제에 대해 알고 있는지, 민진서는 선선히 고개를 끄덕였다.

"잠깐만요. 소속사에 물어볼게요. 그날 스케줄이 있으면 힘들거든요."

거절당할 줄 알았던 남자들은 의외의 모습에 눈이 휘둥그레졌다. 비싸게 굴던 다른 여학생들과는 완전히 다른 모습이 그들을 감동시켰다.

전화로 민진서의 이야기를 들은 강기준은 선선히 동의했다.

─별다른 스케줄도 없으니 괜찮을 것 같아. 대신 매니저나 나한테 보고는 꼭 해줘야 해. 알았지?

"네."

─가능하면 매니저도 동행하도록 하고. 아, 오늘 수업 끝나고 AHF로 가야 하는 거 알지?

"네. 들었어요."

─오늘은 사장님도 가실 거니까, 잘 준비해서 가.

기대하지도 못한 말에 그녀는 기뻐했다.

통화를 마치고 민진서는 과대표 진영철에게 말했다.

"해도 괜찮다네요."

"……."

"응? 왜 그래요?"

민진서가 고개를 갸웃하자 학생들 모두가 멍하니 눈을 껌뻑였다.

용기를 낸 학생부터 과대표, 임원들까지, 설마 민진서가 축제에 참여할 것이라고는 생각하지도 못했다.

"수업 늦겠다. 여기 제 매니저 번호거든요? 여기에 일정 보내주세요. 맞춰서 갈게요. 그럼 나중에 봬요."

민진서가 과방을 나간 후에도 그들은 한참을 움직이지 못했다.

"……찬기야."

"……영철 형!"

감격에 젖은 진영철은 남자를 끌어안으며 외쳤다.

"조오오오오올라 잘했어! 이 안중근 의사 같은 자식!"

연극영화과 과방 안에서는 대한독립만세를 방불케 하는 만세소리가 한참 동안 울려 퍼졌다.

수업이 끝난 후, 민진서는 매니저와 함께 AHF 방송국으로 향했다.

1층까지 마중 나온 AD와 함께 드라마국으로 올라갔다.

회의실 안에는 강윤이 먼저 도착해서 그녀를 기다리고 있었다.

"왔어?"

"네. 일찍 오셨네요."

강윤과 인사를 한 후, 그녀는 그의 옆에 앉았다.

AD가 차를 가져오겠다며 나가자 회의실은 잠시 두 사람만의 장소가 되었다.

민진서는 강윤의 손을 꼭 잡으며 말했다.

"보고 싶었어요."

"나도. 학교에서 별일은 없었고?"

"네. 그냥, 애들한테 인기가 조금 있다는 거?"

민진서가 콧대를 세우자 강윤은 피식 웃음을 터뜨렸다.

"에라이. 무슨 일 있으면 매니저나 기준 팀장에게 뭐하는지 꼭 말해주고."

"네."

민진서는 강윤과 잡은 손을 책상 위로 가볍게 들었다.

그때, 문 밖에서 인기척이 들려왔다.

"아, 온다."

민진서는 아쉬운 기색을 드러내며 강윤에게서 떨어졌다.

회의실에 들어온 김장선 PD와 김세영 작가는 두 사람과 인사를 나눈 후, 이야기를 본격적으로 시작했다.

"오늘은 기준 팀장님이 아니라 사장님이 직접 오셨군요."

김장선 PD의 말에 강윤이 멋쩍은 얼굴로 답했다.

"오늘은 음악 문제 때문이니 제가 직접 왔습니다."

"아아. 보내주신 음악 잘 들었습니다. 그림에 써봐야 알겠지만, 느낌이 정말 좋았습니다. 영상을 빈티지하게 연출하면 정말 최고의 영상이 나올 것 같습니다."

"영화같이 말이지요?"

"네. TV에서 영화를 보는 느낌으로 만들면 정말 좋을 것 같습니다.”

김장선 PD는 의욕적인 모습으로 웃어 보였다.

어제, 강윤이 보내준 음악은 어두운 곳에서 긴장감을 조성하는 음악이었다. 쿵쿵대는 소리와 함께 긴장을 조성하는 오케스트라의 음악은 들을수록 점점 뭔가에 빨려 들어가는 듯한 느낌이었다.

“만약 그림에 어울리지 않는다고 하시면 다시 보내드리겠습니다.”

“그럴 일은 없을 것 같지만, 그때는 부탁드립니다.”

영상이 음악을 따라갈 수 있을까 걱정되었지만 김장선 PD는 내색하지 않았다.

음악 이야기는 곡들이 더 나오면 이야기하기로 하고 다음 주제는 캐스팅 문제로 넘어갔다.

“진서 씨의 상대역으로 강태영 씨와 한진우 씨를 생각하고 있습니다. 인기도 많고 연기력도 좋고…….”

배우들의 이름을 듣고 강윤은 잠시 생각에 잠겼다.

‘강태영이나 한진우도 연기를 못하지는 않지만…….’

과거에 출연했던 배우들은 아니었다. ‘더 메시지’의 배우들은 하나같이 카리스마가 대단했었다.

그런데 이 배우들이 그만한 카리스마를 보일 수 있을까?

원래 여주인공 대신 민진서가 섭외되었기에 원래 출연진

도 바뀐 것이 아닐까?

강윤은 걱정스러웠다.

"흠…… 다른 배우들은 없습니까?"

"그런 건 아닙니다만, 그래도 민진서 양과 어울릴 만한 연령대와 상대역을 찾다 보니……."

"인지도는 상관없습니다. 강태영이나 한진우도 좋지만 보다 묵직한 사람이었으면 좋겠습니다."

아무래도 김장선 PD가 강윤을 배려하면서 이런 일이 벌어진 것 같았다.

인기와 연기력.

두 가지를 모두 갖추고 있으면서 민진서와 어울릴 만한 사람. 그런데 상대를 찾다 보니 상대적으로 가벼운 사람이 거론되고 있었다.

"알겠습니다. 이거 한방 먹었네요. 이전 투자자들은 인기, 인기 노래를 불렀는데 사장님은 확실히 다르시군요."

"그렇습니까."

김장선 PD는 민진서에게로 눈을 돌리며 말했다.

"역시 물어보길 잘했습니다. 캐스팅 문제는 저에게 알아서 하라고 하셨지만, 사장님도 보통 눈을 가진 분이 아니십니다."

"과찬이십니다."

"겸손하지 않으셔도 됩니다. 그렇잖아도 계속 생각해둔 사람이 있었습니다. 독립영화로 잔뼈가 굵었지만, 인지도가 바닥인 녀석이죠. 몸이 달아 있는 녀석인데 한번 만나보시겠습니까?"

그의 제안에 강윤은 바로 수락했다.

약 1시간 정도 지나 180㎝가 조금 안 되는 키의 남자가 AD의 안내를 받아 회의실에 들어섰다.

"처음 뵙겠습니다. 민혁진이라고 합니다."

강윤은 민혁진이라는 남자와 눈빛을 부딪치며 손을 맞잡았다.

'과거, 더 메시지 주인공이야. 진짜.'

속마음을 감춘 채, 강윤은 민혁진이라는 남자를 위아래로 살피기 시작했다.

"안녕하세요."

"아, 네. 안녕하세요."

민혁진은 처음 만난 민진서와 가볍게 인사를 나눈 한 후 자리에 섰다.

"혁진 씨. 준비해요."

"네."

곧 AD들이 회의실의 의자를 정리하고 면접장처럼 세팅이 되었다.

민혁진은 김장선 PD와 김세영 작가, 그리고 강윤 세 사람의 눈빛을 받으며 긴장했다.

김세영 작가는 편안한 얼굴로 말했다.

"긴장 풀어요. 잡아먹지는 않으니까."

하지만, 말과는 다르게 김세영 작가의 눈에는 날이 서 있었다. 그 눈빛 때문인지 민혁진은 쉽게 긴장을 풀지 못했다.

오리지널 주인공이었던 민혁진을 보며 강윤도 기대를 감추지 못했다.

"저…… 그럼 시작…… 하겠습니다."

떨리는 목소리로 민혁진은 준비해 온 연기를 시작했다.

"주환 씨가 말씀하신 곳이 여기입니까? 주환 씨? 주변엔 아무것도 보이지 않습니다."

민혁진은 조금씩 걸으며 두리번거렸다. 주변이 심상치 않다는 걸 표정으로 드러내며 연기에 실재감을 더해갔다.

"이곳에 오면 중요한 것을 확인할 수 있다고 하셨…… 나무 위에 신원미상의 시신이 확인됩니다. 20대 후반으로 보이는 남자입니다. 확실히 여기에 뭔가가 있는 듯합니다. 주환 씨. 이제 말씀해 주십시오. 저에게 이곳으로 오라고 하신 이유가 무엇입니까?"

어느 날, 걸려온 이상한 전화 한 통.

신비를 타고 들어온 이름 모를 사람의 메시지에 두려움을 안고 현장에 찾아가는 주인공의 심리를 민혁진은 잘 담아내고 있었다.

연기가 진행될수록 김장선 PD나 작가는 만족스럽다는 듯 미소를 지었다.

이윽고 연기가 끝나자 김세영 작가가 박수를 치며 말했다.

"좋군요. 준비를 많이 해온 느낌이 나네요."

"감사합니다."

김장선 PD도 만족하며 긍정적인 반응을 보일 때, 강윤이 옆에 서 있던 민진서에게 작은 목소리로 물었다.

"진서야. 어때?"

"네? 정말 잘하시는데요. 뭔가 이상한가요?"

민진서가 의아해하며 물었다.

그녀가 보기에 민혁진의 연기는 흠잡을 곳이 없었다. 눈을 감고 목소리만 들으면, 실제 현장을 상상하게 될 것 같았으니.

강윤은 손짓으로 민진서에게 가까이 오라고 한 후, 그녀의 귓가에 이야기했다.

"진서야. 미안한데 혁진 씨와 한 번 맞춰 볼 수 있을까?"

"어려운 것도 아니고 알았어요."

민진서가 허락하자 강윤은 민혁진에게로 눈을 돌렸다.

"좋은 연기 잘 봤습니다."

강윤의 말에 민혁진은 몸을 꼿꼿이 세우며 그를 바라보

앉다.

"한 가지 더 보고 싶은 게 있는데, 괜찮을까요?"

"어떤……?"

김장선 PD와 김세영 작가도 흥미롭게 강윤의 말에 귀를
기울였다.

"혁진 씨. 진서하고 한 번 맞춰 볼 수 있나요?"

"알겠습니다."

그러자 김세영 작가가 나섰다.

"그렇다면 연기할 부분은 제가 선정해도 될까요?"

마다할 이유가 없었다. 강윤이 반색하며 승낙하자 그녀는
신이 났는지 대본에서 한 부분을 찾아 두 사람에게 보여주
었다.

"여긴……."

"처음으로 사건을 해결한 후, 두 사람이 가까워졌다는 걸
드러내는 신(scene)이에요. 은근하게 표정에서 감정이 나타났
으면 해요. 괜찮겠어요?"

"해보겠습니다."

곧 민혁진과 민진서까지 나란히 서서 연기를 시작했다.

첫 시작은 민진서였다.

"술을 마시든, 뭐라도 때려 부수든…… 찾아봐."

"……."

"사람 죽은 거, 처음 봤지? 죽은 사람을 보는 건 앞으로도 계속 힘들 거야. 그러니까 그걸 극복할 수 있는 네 방법을 찾아. 잘 이겨낼 수 있는 법을."

담담한 민진서의 목소리가 회의실에 퍼져나갔다.

감정을 가다듬던 민혁진은 천천히 민진서에게 다가오더니 그녀의 머리칼을 걷어 이마를 드러냈다.

"여자 이마가 이게 뭡니까."

"아……."

그는 연고를 짜 이마에 바르는 시늉을 하며 말을 이어갔다.

"선배야말로 술도 좋지만, 병원부터 가보세요."

"……."

연고를 다 바른 민혁진은 몸을 돌려 천천히 걸어갔다. 그러다가 고개를 돌려 민진서를 바라보았다.

"……감사합니다."

천천히 민혁진이 앞으로 걸어가는 모습과 함께 짧은 신이 끝났다.

신이 끝나자 김장선 PD는 김세영 작가에게 속삭였다.

"이거 그림이 안 나올 것 같은데요?"

"저도……."

연기력은 정말 좋았다. 두 사람의 연기 합도 아주 괜찮았다.

그런데 두 사람이 브라운관에 비쳤을 때 어울리는 그림이 나올지, 김장선 PD는 확신이 서지 않았다.

화려하면서 단아함까지 갖춘 민진서와 투박하면서 깡마른 남자의 조합.

김세영 작가도 쉽지 않았는지 결론을 내지 못했다.

그들은 결국 강윤에게 물었다.

"저…… 사장님. 잠시."

쉽게 할 수 있는 말이 아닌지, 김장선 PD는 강윤에게 밖에서 이야기하자며 손짓했다.

입구에서 김장선 PD는 자신의 생각을 이야기했다.

"막상 제가 원해서 오라고 했는데…… 원하는 그림이 나올지 모르겠습니다. 남자 주인공을 투박한 사람을 원한 건 맞지만, 이렇게 안 어울리는 그림이 나올 거라곤……."

김세영 작가도 동의했다.

"언밸런스 커플이 될 것 같아요. 러브라인은 없다지만 함께 카메라 앞에 섰을 때 어울리는 정도를 보기는 해야 하잖아요. 이거…… 진서에게 어울릴지……."

두 사람은 부정적이었다.

민진서를 자를 순 없으니 결국 민혁진을 자르자는 의견을 돌려서 이야기하고 있는 것이다.

강윤이 물었다.

"피디님과 작가님이 보시기에 연기가 부족했습니까?"

"그건 아닙니다."

"그림이라…… 혁진 씨 키가 작은 편도 아니고 연기력이 부족한 것 같진 않습니다만…….

강윤의 질문에 김세영 작가가 한숨을 쉬며 답했다.

"그래서 문제예요. 어울리지는 않는데, 연기는 잘하니…… 결국 시청자는 그림으로 판단하니까요."

김장선 PD마저 동의하는 상황이었다.

강윤은 답을 유보하며 잠시 생각에 잠겼다.

'그림이라. 여주인공이 민진서로 바뀌며 두 사람의 생각도 바뀌었다는 말이군. 그런데 더 나은 선택지가 있을까?'

강윤은 힘겹게 돌아오기 전의 과거를 떠올려봤다.

어렴풋이 민혁진이 주인공 '문진하' 역에 누구보다도 잘 어울렸다는 기사를 떠올렸다. 언제나 악플 하나 찾아볼 수 없어서 더 기억에 남았다는 것까지.

'주인공을 누구보다 잘 이해하는 배우가 여주인공이 바뀌었다고 연기를 못할 이유가 있을까?'

그냥 여자 주인공의 역할이 민진서로 바뀌었을 뿐이다. 민진서가 노력파라는 건 강윤이 누구보다도 잘 알았다. 그리고 이 드라마에선 민혁진이 큰 재능을 발휘할 것도.

"언밸런스로 가지요."

그러자 김세영 작가가 놀라 눈을 부릅떴다.

"사장님. 실례가 아니라면…… 제작비 때문인가요? 혁진 씨보다 더 비싼 배우를 부르기가 힘들……."

그녀는 김장선 PD의 제지에 곧 입을 다물었다.

그러나 이미 말은 나갔고 분위기는 조금 어색해졌다.

강윤은 웃으며 고개를 저었다.

"그런 건 아닙니다. 제가 연기는 잘 모르지만 음악을 하며 느끼는 게 있습니다. 사람들은 반전의 묘미를 좋아한다는 것."

"반전?"

김세영 작가의 반문에 강윤은 고개를 끄덕였다.

"음악의 기법 중 리듬이 확 바뀌는 기법이 있습니다. 빠른 음악이 느려지기도 하고 느린 음악이 빨라지기도 하죠. 분위기가 급반전되어 사람들의 시선을 단번에 사로잡을 수 있습니다. 전 저 두 사람이 이런 반전을 선사할 수 있지 않을까 생각했습니다."

재미있는 상황이었다. 투자자가 특정 연기자를 밀어주는 상황은 여느 곳과 비슷했다.

그런데 그 근거가 연기력과 반전의 묘미라니. 거기에 연기자는 믿을 구석도 없는 혈혈단신.

잠시 생각하던 김장선 PD는 생각을 굳혔는지 고개를 끄덕였다.

"알겠습니다. 반전, 반전이라……."

"PD님이 아니라고 하시면 다른 사람을 뽑으셔도 됩니다."

"아닙니다."

강윤의 말에 김장선 PD는 고개를 흔들며 답했다.

"분장과 복장 등에 좀 더 신경 쓰고 영상에 힘을 주면 그림이 나올 수 있을 겁니다. 게다가 깡마른 몸도 불려올 수 있도록 이야기를 해두겠습니다. 작가님, 괜찮겠죠?"

김세영 작가는 새침하게 답했다.

"그렇다면 뭐……."

그녀는 입술을 삐죽이다 고개를 끄덕였다. 승낙의 의미였다.

곧 세 사람은 안으로 들어가 자리에 앉았고 민진서와 민혁진은 자리에 서서 그들의 답을 기다렸다.

"긴 말 할 필요는 없겠죠. 앞으로 잘 부탁합니다."

김장선 PD의 말에 긴장이 풀어졌는지 민혁진의 다리가 풀려버렸다. 그 모습에 김세영 작가가 쿡쿡대며 웃었고 강윤은 어깨를 으쓱였다.

"잘 부탁해요, 혁진 오빠."

민진서도 그에게 손을 내밀며 악수를 청했다.

오빠라는 말에 저도 모르게 입가에 미소를 띤 민혁진은 그녀의 손을 굳게 잡았다.

"흠흠."

그 모습에 강윤이 헛기침을 하며 이후 일정에 대해 이야기를 했고 민진서는 강윤 옆에 섰다.

그렇게 오디션이 끝났다.

어느새 석양이 지고 하늘이 검게 물들어가고 있었다.

"가볼까?"

김장선 PD의 배웅을 받은 강윤은 서둘러 방송국을 나섰다.

대교를 건너기 전 초입에서 민진서가 뭔가가 생각났는지 강윤을 바라보았다.

"선생님. 저 부탁 하나만 해도 돼요?"

"부탁?"

"저기…… 차 한 잔만 하고 가면 안 될까요?"

특별한 일정은 없었기에 강윤은 바로 차를 돌렸다.

차 한 잔이라는 말이 아무에게나 나오는 말은 아니다.

그녀의 목적지는 하나였다.

"오랜만에 서향에 한 번 가볼까?"

"네."

서향은 이한서 이사가 운영하는 찻집 이름이었다.

두 사람이 탄 차는 그렇게 유턴을 하고 도로를 질주했다.

30분 후.

서향에 도착한 두 사람이 앤티크한 문을 열고 들어서자, 이한서 이사의 얼굴에 웃음꽃이 피었다.

"어서 와요, 이 사장님. 진서도 오랜만이야."

"안녕하세요, 이사님."

"오랜만입니다."

이한서 이사는 2층에 마련된 특실로 강윤과 민진서를 안내했다. 입소문을 탔는지 1층에는 꽤 많은 사람들이 있었다.

강윤과 민진서를 보며 수군대는 이들이 있었지만, 그들 앞에 나서거나 하는 이들은 없었다.

2층, 한강이 잘 보이는 특실에서 세 사람은 차를 즐겼다.

"하하하. 그래서 어떻게 됐습니까?"

"잘 마무리 됐습니다. 이사님은 요새 어떻게 지내십니까?"

"요새는 가게 운영하는 재미에 빠져있죠. 이젠 매출도 조금씩 나오고 있고……."

강윤의 물음에 이한서 이사는 어깨를 으쓱였다. 처음에는 재미로 시작했던 찻집에 매출까지 나오니 더더욱 삶에 활력이 되었다.

민진서는 달콤한 향이 나는 차를 음미하며 말했다.

"이사님은 더 잘 되셨으면 좋겠어요."

"그렇게 말해주니 고맙지만, 이 정도면 돼. 사람 더 늘면 나나 마누라나 힘들어."

사적인 이야기를 하며 세 사람은 수다로 시간을 보냈다.

그러다가 이한서 이사가 진지한 얼굴로 MG에 관한 이야기를 꺼냈다.

"스타타워 자료는 보셨습니까?"

"네. 유로스 쇼핑몰이 리모델링에 들어간 이후, 매출이 확 줄었더군요."

스타타워가 유로스 쇼핑몰 한가운데에 있어 리모델링으로 인한 타격을 제대로 받았다. 스타타워로 가는 길이 공사로 인해 혼잡해지고 주변 환경이 엉망이 되면서 주 고객층이던 관광객이나 팬들이 가는 걸 망설였기 때문이었다.

MG는 스타를 앞세워 열심히 홍보를 하고 있었지만, 스타들마저 회사를 싫어한다는 소문이 돌아 생각만큼 실적이 좋지 못했다.

이한서 이사는 입술을 깨물었다.

"유로스 측도, MG 측도 도무지 이해가 가질 않습니다. 리모델링 같은 중요한 일은 적어도 6개월 전에 공지가 나게 마련인데…… 상인들에게 물어보니 그곳 상인들조차 대비를 하지 못했다고 하더군요."

"갑질이군요. 하지만 장기적으로 보면 결코 좋을 일이 아닐 텐데……."

강윤도 혀를 찼다.

장기적으로 보면 그 상인들이 다시 입점하게 될 텐데 이런 근시안적인 안목은 대체 뭔지.

그러나 이한서 이사는 고개를 흔들며 강윤의 생각을 부정했다.

"원래 유로스 쇼핑몰은 중소 규모의 쇼핑몰들이 대세를 이루었지만, 리모델링 이후로는 대기업들이 주로 입점을 한다고 들었습니다. 못 볼 꼴을 보게 하고 두 번 다시 올 생각을 못하게 한다는 느낌이었습니다."

결국 유로스 쇼핑몰의 리모델링 건은 여러 가지가 복합적으로 작용했다고 볼 수 있었다. 그 상황에서 MG는 새우등이 터진 꼴이고.

"MG도 참 갑갑하군요. 이사님께 들을수록 어이가 없습니다."

"자꾸 근시안적 이익을 좇으니 발생하는 일입니다. 자기들 성과와 회사에서의 이익만을 좇은 결과지요. 그게 회사를 망쳤습니다."

이한서 이사는 냉정하게 MG에 대한 이야기를 했다.

회사 재정이 어려워지면서 연습생들이 조금씩 그만두고 소속 가수들에 대한 지원이 부족해지면서 불만이 팽배해 있다는 말과 함께 직원들의 분위기도 뒤숭숭하다는 이야기였다.

하지만 가장 큰 문제는 따로 있었다.

"리처드? 그 외국인 말입니까?"

강윤이 고개를 갸웃하자 이한서 이사는 쓴웃음을 지었다.

"현재 회사에서 가장 큰 영향력을 발하는 인물입니다. 직접적으로 회사의 결정에 나서지는 않지만, 뒤에서 이사들을 주무르고 있지요."

그 말에 민진서가 눈을 휘둥그레 떴다.

"드라마도 아니고 그런 게 가능해요?"

이한서 이사는 쓴 표정으로 고개를 끄덕였다.

"그러게. 현재 부족한 재정의 상당 부분을 그가 채워주고 있거든. 잘 모르는 사람들은 그를 고마운 투자자로 알고 있지만, 실질적으로는…… MG를 돈으로 삼키려는 하이에나야."

강윤은 리처드라는 남자를 기억해 냈다.

훤칠한 키에 유창한 한국말, 스마트한 인상의 백인 남성은 호감을 주기에 충분했다.

그러나 그런 그에게 이런 반전이라니.

"만약 그의 재정 지원이 없으면 어떻게 됩니까?"

강윤의 물음에 이한서 이사는 이마를 짚었다.

"밀려오는 어음들을 막을 수 없겠죠. 그런데 이게 어음으로 어음을 막는 꼴이라…… 앞으로 MG가 어떻게 될지……."

이한서 이사의 굳은 얼굴을 보며 강윤과 민진서는 쉽게 말을 할 수가 없었다.

계속 빚을 만드는 굴레.

스타타워는 그런 무서운 결과를 만들어냈다.

평소보다 조금 무거운 시간을 보낸 강윤은 민진서를 이현지의 집 앞까지 바래다 주었다.

타워펠리스 주차장.

차 안에서 민진서는 기어에 올라간 강윤의 손을 꼭 잡았다.

"저, 선생님."

"할 말 있니?"

"어려운 부탁 하나만…… 해도 될까요?"

민진서가 부탁을 잘 하는 편은 아니었다.

강윤이 괜찮다며 승낙하자 민진서는 망설이다 입을 열었다.

"저 이번에 대학 축제에 나가는데요."

"축제? 아, 강 팀장에게 보고 받았어. 왜 그러니?"

"그게…… 선생님. 편곡…… 부탁해도 될까요?"

민진서는 어렵게 부탁했다.

몇 시간 전, 강윤은 강기준으로부터 보고를 받았다.

다이아틴의 멤버 강세경의 솔로곡 '별처럼'이라는 곡으로 무대에 서게 되었다는 내용이었다.

내용을 들은 강윤은 피식 웃음을 터뜨렸다.

"별처럼을 편곡해 달라고?"

"……힘들까요? 너무 바쁘시면……."

"아냐. 어차피 힘을 바짝 줄 편곡도 아닐 테고. 추 사장님 허락 받으면 바로 해줄게."

"감사합니다."

"이 정도로, 뭘."

그의 손을 꼭 잡은 채, 그녀는 몸을 기울여 그의 입술에 자신의 입술을 포겠다.

강윤도 눈을 감으며 그녀의 부드러움을 느꼈다.

부끄러웠는지 얼굴을 살짝 붉힌 그녀는 시선을 피하며 차 문을 열었다.

"그럼 가보겠습니다."

민진서는 차에서 나와 강윤에게 손을 흔들었다.

강윤도 잠시 여운을 즐긴 후, 천천히 주차장을 나서 집으로 향했다.

에디오스의 활동은 끝났지만 루나스에 있는 에디오스의 연습실은 한밤중에도 불이 꺼지지 않았다.

"하나, 둘, 하나. 릴리, 박자를 속으로 세면서 하라고 했지?"

"죄송해요."

발이 꼬인 에일리 정은 민망했는지 머리를 긁적였다.

이혁찬 안무가와 함께 에디오스 멤버들은 안무 연습에 구슬땀을 흘리고 있었다.

온몸에 김을 뿜으며 한주연과 크리스티 안은 연습실 뒤에 뻗어 있었고 이삼순 역시 멍한 얼굴로 추욱 늘어진 채 앉아 있었다.

"쟤들 미쳤나 봐. 저걸 왜 한대?"

"내 말이."

한주연의 말에 크리스티 안이 고개를 절레절레 흔들었다.

에일리 정은 잘 꺾이지도 않는 몸을 꺾어가며 팝핀을 추기 위해 애썼고 서한유는 웨이브를 타며 스탭을 밟기 위해 고군분투하고 있었다.

"정미나아아아아! 애 잡으니 좋냐아!"

크리스티 안이 비보잉 스킬을 연습하고 있는 정민아에게 소리쳤다. 한 팔로 지탱하거나 회전을 하는 연습이 아니라 크리스티 안의 외침은 계속되었다.

정민아는 동료의 투덜댐에 한 마디로 받아쳤다.

"아주 좋지. 같이 할래?"

"아니."

크리스티 안은 기겁했다.

약 2시간 전.

함께 솔로곡을 해보자는 정민아의 꼬임에 넘어간 에일리

정의 고생길이 눈에 보였다. 그리고 그런 에일리 정이 불쌍하다며 불속에 뛰어든 서한유도 참······.

그렇게 한숨과 웃음이 교차하며 자유롭게 연습이 한창 진행될 때였다. 이혁찬 안무가가 손뼉을 치며 모두의 시선을 모았다.

"자자. 이제 민아랑 한유, 릴리는 쉬고. 리스랑 한유, 삼순이 나와 보자."

"에엑?"

크리스티 안의 눈이 휘둥그레졌다.

그러자 이혁찬 안무가가 심드렁하게 말했다.

"저 팀만 콘서트에서 재미 보게 할 순 없잖아? 너희도 하나 준비해야지?"

"······."

차라리 기존에 있는 곡을 하는 게 더 나을 수도 있었다.

크리스티 안은 지친 표정으로 멍하니 눈을 껌뻑였다.

"1년이나 남았는데······."

"자자. 고집 피우지 말고."

말과는 다르게 이혁찬 안무가가 살살 달래자 크리스티 안은 선선히 대열 맨 앞에 서서 준비에 들어갔다.

"수고했어요, 오라버니."

퇴근 후, 집에 도착한 강윤은 재킷을 벗어 희윤에게 내밀었다. 자연스럽게 셔츠를 받은 희윤은 장롱을 열고 옷을 걸었다.

옷을 거는 희윤에게 강윤이 물었다.

"저녁은 먹었어?"

"소영이랑 먹었어. 이로다 씨는 생각 없다고 했고 재훈 오빠는 나갔어. 오빠는?"

"오면서 진서랑 먹고 왔어."

진서라는 말에 희윤의 눈에 잠시 날이 섰지만 아주 잠깐이었다.

'진서라면 뭐⋯⋯.'

뭔가 있는 것 같기는 한데 잘 모르겠다. 아니, 그녀뿐만이 아니라 오빠와 얽히면 마음에 걸리는 여자가 몇 명 있었다. 그중 한 사람이 민진서였다.

"그럼 씻고 와."

희윤이 나간 후, 강윤은 샤워를 했다.

이후 편한 옷으로 갈아입고 작업실로 들어가니 스피커들에서 다양한 음표들이 흘러나오고 있었다.

'호오.'

웅장하면서도 힘 있는 음악이었다. 새하얀 빛 속에 은빛이 조금씩 흘러나오는 것을 보며 강윤은 미소 지었다.

"수고 많습니다, 이로다 씨."

그제야 강윤이 온 것을 알았는지, 그는 자리에서 벌떡 일어났다.

"오, 오, 오……."

"편히 계셔도 됩니다."

"아, 아닙니다. 제, 제가……."

여자들 앞에서 시크한 모습을 보이던 때와는 달리, 이로다 하루는 강윤 앞에서 사시나무같이 떨고 있었다.

그 모습에 박소영이 어이가 없는지 희윤에게 속삭였다.

"저 사람 왜 저래?"

"그러게."

희윤도 이로다 하루의 모습에 고개를 갸웃했다.

그러나 일본어를 알아들을 수 없어 답답했다.

여인들의 그런 생각을 모르는지 강윤은 악보를 보며 이로다 하루에게 말했다.

"좋은 곡들입니다. 제목이, Save?"

강윤의 물음에 이로다 하루는 목소리를 떨며 답했다.

"이, 이, 고 곡은 주, 주인공들이 발령을 받고 처음으로 대면하기 전을 생각하고 만든 곡입니다. 처음 풀 샷으로 도시를 잡고 점점……."

이로다 하루는 영상에 이 음악이 어떻게 쓰였으면 하는가까지 세세하게 이야기했다.

바이올린과 첼로로 연주하는 음악에 울리는 리듬악기로 몰입감을 높이는 데 집중했다는 설명에 강윤은 고개를 끄덕였다.

"일단 듣고 이야기할까요?"

강윤은 바로 음악을 재생했다. 음악을 들으며 강윤은 드라마의 처음을 상상해 보았다.

남녀 주인공이 발령을 받아 처음으로 만나기 전, 여주인공의 목소리가 나오며 이 OST가 깔리는 것을.

'괜찮네.'

강윤은 눈을 떴다.

스피커에서 나오는 음표들은 하얀빛을 만들어내고 있었다. 그 빛에서 은빛이 조금씩 새어 나오고 있었다.

'조금 단조롭나? 아니면…….'

완전한 은빛의 음악이라면 몰입도를 높일 수 있을 텐데.

좋은 음악이지만, 더 좋은 곡이 나올 수 있을 것 같아 아쉬웠다.

"저희 애들도 함께 작업하셨습니까?"

"그게……."

이로다 하루는 쉽게 입을 열지 못했다.

강윤의 눈이 희윤에게로 향하자 그녀도 고개를 절레절레 흔들었다.

'잘 섞이지 못하는 모양이군.'

모두가 능력 있는 작곡가들이기에 잘만 융화되면 좋은 곡을 만들 수 있을 거라고 생각했건만.

강윤은 아쉬웠지만 다그치지 않았다.

"좋은 곡 들려주셔서 감사합니다."

"아, 아, 아…… 아닙니다."

"곡 정말 좋습니다. 곡은 좋은데…… 다른 곳에서 조금 아쉽기도 합니다."

이로다 하루의 얼굴이 살짝 붉어졌다.

그 모습에 희윤과 박소영은 기겁했다.

"히엑? 저 사람 왜 저래?"

"모, 몰라."

그러거나 말거나, 강윤은 편안한 어조로 용건을 이야기했다.

"여기 희윤이나 소영이는 저희 소속사에서 당당히 내놓을 수 있는 작곡가들입니다. 전 히로다 씨의 능력을 신뢰합니다만, 왠지 세 사람이 협력하면 지금보다 더 좋은 곡이 나올 것 같습니다. 그게 조금 아쉽습니다."

"……."

"한 번 제대로 함께 작업해 보시고 정 힘들다 싶으면 말씀해 주십시오. 정 안되겠다면 따로 작업실을 마련해드리겠습니다."

이로다 하루는 잠시 생각하는 듯하더니, 바로 선선히 고개를 끄덕였다.

"알겠습니다. 사장님 말이라면."

"감사합니다. 더 좋은 곡을 기대하겠습니다."

들어봐야 할 곡들이 더 많았지만 강윤은 더 듣지 않고 밖으로 나갔다.

나머지 곡들은 나중에, 모두가 함께 작업한 후 들어보겠다는 무언의 메시지였다.

"……."

"……."

강윤이 나간 후, 희윤과 박소영 그리고 이로다 하루 사이에는 어색한 침묵이 흘렀다.

"작업."

일본어로 손짓하는 그를 보며 두 여인은 멍하니 눈을 껌뻑였다.

'저 사람, 설마 우리 오빠를 좋…… 안 돼! 절대 안 돼!'

차라리 여자가 낫지!

남자라니!

말도 안 된다는 상상을 하며 희윤의 머릿속은 더더욱 엉망으로 꼬여버렸다.

대학교 축제가 시작된 날 아침이었다.

K대학의 연극영화과 과방 앞은 남자들과 1명의 여자가 춤 연습에 한창이었다.

누가 구해왔는지 모를 작은 스피커에선 강세경의 솔로곡 '별처럼'이 흘러나오고 있었다.

－별처럼 빛나는 그대의 눈빛에~~

원래 '별처럼'의 댄서들은 여자들이었지만 오늘의 댄서들은 평소와 달리 남자들이었다. 그리고 그 남자들 사이엔⋯⋯.

"민진서! 민진서!"

"⋯⋯."

겨우 연습이건만 어찌 알고 몰려왔는지 민진서를 보겠다며 대학생들이 엄청나게 몰려들었다. 졸지에 공연장 아닌 공연장이 되어버렸지만, 민진서는 아무렇지도 않게 이마에 흐르는 땀을 닦으며 옆에 선 남자에게 말했다.

"윤 선배. 좀 더 가까이 오셔도 돼요."

"네? 네?! 하, 하지만…… 어떻게 제가……."

"무대에 서는 거잖아요."

윤 선배라는 남자는 민진서의 말에 고개까지 숙였다.

그 모습에 몰려든 사람들, 특히 남자들은 눈을 부라렸다.

'저 자식 주리를 그냥……'

'묻어버릴까?'

'삽 가져와.'

사람들의 마음을 아는지 모르는지, 민진서는 연습에만 집중했다. 그런 그녀에게서 멀지 않은 곳에서는 강기준과 함께 강윤이 있었다.

"사장님. 이렇게 직접 오지 않으셔도……."

강기준의 말에 강윤은 고개를 흔들었다.

"가끔은 이런 나들이도 괜찮지요."

강기준은 강윤의 말에 어깨를 으쓱였다.

말은 그렇게 해도 민진서가 걱정돼서 왔다는 걸 이미 눈치채고 있었다.

강윤이 편곡한 '별처럼'은 좀 더 여유 있는 템포를 지닌 듣기 좋은 음악으로 변해 있었다. 원곡이 워낙 빠른 비트를 지녀 강윤은 민진서를 위해 듣기도 좋고 춤을 추기도 편한 스타일로 편곡을 했다.

"여기서 이렇게……."

사람들의 시선에도 민진서는 주눅 들지 않고 연습에 몰입했다.

이미 교내에서는 축제가 한창이었다.

벌써 주변의 다른 과들은 이미 주점, 게임 등 다양한 것들로 사람을 끌어 모으려 하고 있었다.

그런데…….

"뭐? 민진서?!"

"어디 어디!"

교내에 있던 사람들 태반이 연극영화과로 몰려가는 바람에 열심히 준비한 과들은 소박을 맞고 있었다.

"자자! 죄송하지만 진서 씨 연습해야 해서……."

"이런 쉬펄! 너희가 민진서 전세 냈냐?!"

사람들이 너무 몰려드니 남자 학우들이 제지에 나섰지만, 오히려 사람들이 역정을 냈다. 분위기가 점점 험악해지는 듯하자, 강윤은 매니저를 보내 연습을 그만하라고 이야기했다.

강윤과 강기준, 민진서는 밴 안으로 향했다.

"……밴은 타고 싶지 않았는데."

민진서는 한숨을 내쉬었다. 일하는 기분이 들어 학교에서는 밴을 타고 싶지 않았다.

그러나 강윤은 어쩔 수 없었다며 민진서를 위로했다.

"별수 없잖아. 일단 학생들한테는 이야기했으니까, 지금은 여기서 쉬자."

"……네. 번거롭게 해서 죄송해요."

"괜찮아."

시간은 빠르게 흘러갔다.

하늘이 어둑해지자 사람들은 공연이 있는 대운동장으로 하나둘씩 몰려가기 시작했다.

강윤과 강기준, 민진서도 메이크업을 마치고 공연장 뒤편으로 향했다.

"죄송해요. 기다리셨죠?"

미리 기다리고 있던 연극영화과 사람들은 괜찮다며 손을 저었다. 그들로서는 축제 무대에 서준 민진서가 은인과 같았다.

그녀와 함께 한 무대에 선다니…… 고마운 건 말할 필요도 없었다.

불꽃놀이와 함께 축제가 시작되었다.

"안녕하십니까? K대학 제 XX회 축제를……."

"와아아아~!"

사회를 맡은 학생회장의 목소리와 함께, 운동장에 관객들의 함성이 울려 퍼졌다.

그 이후, 준비를 마친 이들이 하나둘씩 무대에 오르기 시작했다.

'젊긴 젊네.'

응원단, 치어리더의 활기 넘치는 무대를 보며 강윤은 턱에 손을 올렸다.

그때, 그의 옆구리를 누군가가 푹 찔러왔다.

"으."

"선생님."

"응? 지, 진서야."

잠시 넋을 놓았던 게 찔렸는지 강윤은 순간 찔끔했다.

그러나 곧 아무렇지도 않은 얼굴로 웃어 보였다.

"뭘 그렇게 열심히 보세요?"

"고 공연 보잖아."

"……아, 그래요?"

민진서는 눈을 가늘게 뜨며 입꼬리를 들어올렸다.

갑자기 느껴지는 무서운 기세에 강윤은 움찔했다.

'뭐, 뭐지?'

무시무시했다.

지나가는 사람은 많았지만 난데없이 둘만 남겨진 기분이랄까?

그래도 죽으라는 법은 없다고 구원자가 나타났다.

"저기, 이강윤 작곡가님?"

그때 발랄한 목소리로 인사를 하는 여인이 있었다.

GNB엔터테인먼트의 가수, 나엘로 활동하는 유나윤이었다.

"아, 나윤이구나!"

"하하하. 맞네? 안녕하세요!"

유나윤은 반가웠는지 활짝 웃어 보였다.

강윤도 몇 번 마주친 적은 있었지만, 생기 있는 그녀에게 좋은 인상을 가지고 있었다.

"축제 때문에 온 거야?"

"네. 작곡가님도 초대 받아서 오신…… 헙!"

강윤 옆에 서 있는 여인이 그제야 눈에 들어왔는지, 유나윤은 너무 놀라 손으로 입을 막았다.

"미, 미, 민지……."

"안녕하세요. 민진서예요."

"아, 아, 안녕하…… 꺄악!"

정신이 돌아온 유나윤은 입을 막은 채 소리쳤다. 그녀가 가장 좋아하는 연예인이 눈앞에 있었다.

서늘했던 분위기는 사라지고 민진서는 유나윤과 편안하게 대화를 나누었다. 주변에 있던 연극영화과 동기들은 느닷없는 나엘의 등장에 멍하니 눈을 껌뻑였다.

"그럼 언니. 나중에 봐요!"

"그래, 연락할게."

어느새 번호까지 주고받은 유나윤이 상기된 얼굴로 손을 흔들며 갔다.

'헉헉. 연예인은 연예인이구나.'

'대박.'

학생들이 놀란 가슴을 진정시키고 있을 때, 이번에는 두 남자 가수가 민진서에게 인사를 하러 왔다.

"리엔버스입니다. 진서 씨가 계시다고 해서……."

"아. 안녕하세요. 노래 잘 듣고 있어요."

학생들이 입을 벌리든, 다물든, 연예인들과의 인사 퍼레이드는 계속되었다. 그렇게 민진서가 모든 연예인들과 인사를 마쳤을 때, 사회자의 힘찬 목소리가 들려왔다.

"오래 기다리셨습니다! 이번 순서는 화제의 연극영화과 차례인데요."

"와아아아아아아아아아~~!"

스태프의 안내에 따라 민진서는 연극영화과 사람들과 함께 무대에 섰다.

이윽고 음악이 흐르기 시작했다.

"우오아아아아아아아아아아아아~~!"

리듬에 맞춰 민진서가 웨이브를 타자 관객들의 함성이 온

학교를 뒤덮어갔다.

♪ ♩ ♪ ♪ ♩ ♪♪ ♩ ♪

축제가 끝나고 하루 뒤.

동영상 전문 사이트 툰에는 순식간에 2백만 뷰를 넘어버린 동영상이 올라왔다.

[K대학 연극영화과 축제 영상(Feat. 민진서)]

사람들의 반응도 재미있었다.

-민진서 완전 예뻐요.ㅜㅜ
-엄마, 날 왜 오징어로 낳으셨나요…….
-무대 위 남자들, 알고 보니 전생에 독립군.

부정적인 반응도 있었다.

-하라는 연기는 안 하고!
-언제 컴백 하냐! 연기가 보고 싶다!
-중국에서 망하고 대학생 코스프레 하냐?

강기준은 이런 반응들을 취합, 분석한 후 강윤 앞에 가져왔다.

"수고했습니다."

보고서를 받은 강윤은 만족하며 서류에 도장을 찍었다.

"축제도 끝났고 이제 진서 드라마만 잘 되면 되는군요."

강윤의 긴장 어린 말에 강기준도 긴장하며 고개를 끄덕였다.

"철저히 준비하고 있습니다. 진서도 따로 시간을 내서 연습에 몰입하고 있습니다."

"리딩이 언제입니까?"

"1주일 뒤입니다."

강윤은 자리에서 일어나 창가에 섰다.

블라인드를 올리자 뜨거워지기 시작한 햇살이 그의 얼굴을 비쳤다.

"OST도 그때면 어느 정도 완성될 테니, 연습에 활용하면 좋겠군요. 휴우. 이제 시작이군요."

"네."

강윤은 강기준의 양 어깨에 손을 올렸다.

"잘 부탁합니다."

"맡겨주십시오."

강기준도 눈을 빛내며 힘차게 고개를 끄덕였다.

4화
장기 프로젝트, 그 시작

점심시간이 조금 지난 오후.

루나스에 있는 연습실에서는 때 아닌 중국어의 향연이 펼쳐지고 있었다.

"니 시팔러마."

"……."

정민아의 자신 있는 외침에 이현지는 이마를 부여잡았다. 아는 중국어를 해보라는 이현지의 말에 정민아가 외친 한 마디의 파장은 무척 컸다.

"큭큭큭."

안타깝게 정민아를 바라보는 서한유를 제외하고 다른 에디오스 멤버들은 뒤에서 킥킥댔다.

하지만 정민아는 뭐가 잘못됐는지 몰라 눈만 껌뻑였다.

"니들 뭐야? 밥 먹었냐고 물어본 거잖아."

"크하하하!"

정민아가 허리를 꼿꼿이 하며 눈에 날을 세웠지만, 다른 멤버들은 숫제 배를 잡고 굴러다녔다.

반면, 중국어 실력을 테스트 해보겠다며 온 이현지로선 머리가 지끈거렸다.

"……시팔러마가 뭐니."

"으…….."

"그런 말은 중국인들도 못 알아들어."

이현지가 돌직구를 날리자 정민아는 잔뜩 풀이 죽어버렸다.

유일하게 알고 있던 중국어가 이렇게 무시당하다니…….

멤버들 중 가장 웃음소리가 컸던 크리스티 안은 아예 눈물까지 흘리며 바닥을 쓸고 다녔다.

"크하하! 민아야. 너 개그맨 해라. 중국어 개그맨. 니쉬팔러~마. 아이고 배야."

"지는 니하오마밖에 못 하는 주제에……."

"야! 그, 그건……!"

평소처럼 정민아와 크리스티 안이 투닥거리기 시작하자 다른 멤버들은 팝콘을 찾아다녔다.

'휴우, 지금 중국어로 대화가 되는 사람은 한유뿐이네.'

상황을 정리한 이현지는 에디오스 멤버들에게 계속 연습하라고 이야기한 후, 사무실로 돌아왔다.

드라마 팀들이 루나스로 이동한 사무실에는 새로 들어온 직원들이 분주히 움직이고 있었다. 그 속에서 강윤은 한 직원에게서 김지민의 스케줄에 대한 보고를 듣고 있었다.

"알겠습니다. 송 PD님에게는 그렇게 전해주세요. 협찬 의상이 비싸니까 유의해 주시고……."

"네!"

보고가 끝난 후 직원이 돌아가자, 이현지는 강윤 앞에 섰다.

"다녀왔어요."

"수고하셨습니다. 어떻던가요?"

강윤의 물음에 이현지는 고개를 절레절레 흔들었다.

"사장님 짐작이 맞았어요. 한유밖에 없었어요."

"역시, 그렇습니까?"

"아, 설마설마했는데……."

이현지는 길게 한숨을 쉬었다. 이런 상황 속에서도 차분한 강윤이 이해가 가지 않을 정도였다.

강윤은 웃으며 말했다.

"애들 모두가 중국어 공부는 하기는 했지요. 하지만 그쪽에서 활동한 건 아니기에 기억하는 게 쉽지는 않았을 겁니다. 오히려 미국에서 활동을 했었으니 영어가 더 익숙할 겁니다."

"결국 MG가 문제군요. MG가. 먼저 진출할 멤버라면 언어가 어느 정도 돼야 하는데, 어떡하죠?"

이현지가 근심 어린 표정으로 물었다.

어찌 보면 반 강제적으로 서한유를 택해야 할지도 모르는 상황이었다. 언어를 무시하고 진출할 수도 있다지만, 강윤은 준비 없이 진출했다는 이야기는 듣고 싶지 않았다.

이현지가 잠시 생각하다 의견을 내놓았다.

"한유와 조를 짜서 중국에 진출하는 것도 고려해 보는 건 어떨까요?"

강윤도 그녀의 생각에 동의했다.

"그게 좋겠군요. 한유와 짝이 맞는 캐릭터라면 누가 있을까요?"

이현지는 정민아와 이삼순을 언급했지만 강윤은 쉽게 답을 주지 못했다. 결국 강윤은 중국 진출 일은 기획회의를 거쳐 결정하기로 했고 이현지는 자리로 돌아갔다.

'한유하고 궁합이 맞으면서 반대되는 이미지라…… 누가 나을라나.'

강윤이 한참을 고민하고 있을 때, 책상 위에 있던 핸드폰이 요란하게 춤을 췄다. 화면을 보니 민진서였다.

잠시 머리도 식힐 겸, 핸드폰을 들고 옥상으로 올라갔다.

"미팅은 어때? 사람들은 괜찮아?"

-오랜만이라 엄청 긴장하고 갔는데, 좋아요. 다들 잘해주세요.

민진서는 들뜬 목소리로 현장에 대해 이야기했다.

오늘 민진서는 미팅을 위해 방송국에 갔다. 원래 대본 리딩 때 가도 상관없었지만 작품에 대해 들을 이야기가 많을 듯하다며 그녀는 방송국으로 갔었다.

"어려운 점은 없어?"

-어려운 점이요? 음...... 분위기 띄워보라며 자꾸 춤 춰보라는데, 어려워요.

"춤?"

-이번 축제 때 췄던 춤이요. 튠에 올라간 영상을 본 사람들이 너무 많아서...... 부끄러워 죽겠어요.

그 말에 강윤은 웃음을 터뜨렸다.

"하하하. 그게 어때서. 축제 때는 잘만 했잖아."

-그, 그거야 무대였잖아요. 그런데 여긴 사람들하고 너무 가깝고...... 아무튼!

민진서는 떠올리기도 부끄러웠는지 말까지 더듬었다.

하지만 강윤은 그런 그녀가 귀엽게 느껴졌다.

"그때 사람들 반응이 좋았잖아. 튠에서 일주일 만에 6백만 뷰를 넘기기는 쉽지 않아?"

─몰라요, 몰라. 덕분에 기준 오빠만 신났죠. 덕분에 전 학교도 못 가고…….

"어? 누가 보면 억지로 축제에 나가라고 한 줄 알겠네?"

─……선생님 미워요.

"하하하하하."

강윤은 투덜대는 민진서의 목소리를 들으며 껄껄 웃었다.

대학교 축제 이후, 튠에 민진서의 대학교 축제 영상이 오르내리자 대중은 다시 민진서에 대해 주목하기 시작했다.

이전에도 민진서에 대한 이야기는 간간히 나오고 있었지만, 튠에서 보인 것같이 대학생으로 모습을 드러낸 건 대중들에겐 충격으로 다가왔다.

축제에서 일개 학생으로 참여한 배우. 항간에는 일반인 코스프레 하는 것 아니냐는 말도 나왔지만, 대체로 보기 좋다는 반응이었다.

덕분에 강기준도 이를 발판으로 민진서가 곧 컴백한다는 사실을 알리며 대중들의 기대를 높일 수 있었다.

"그런데 임주환 역을 할 배우는 구했어?"

─그게…… 아직이래요. 감독님 눈에 차는 조연이 없어서…….

"쉽지 않겠네."

강윤은 짧게 한숨을 쉬었다.

'더 메시지'에 핵심적인 조연 역할을 할 임주환 역을 할 배우를 구하는 건 정말 어려웠다.

회귀하기 전 '더 메시지'의 임주환 역을 맡았던 배우 진길성은 뜬금없이 동 시간대 공중파 드라마 탈리스만에 캐스팅됐다며 역할을 고사했으니…….

김장선 PD는 캐스팅에 어려움을 겪고 있었다.

-어? 선생님. 이만 끊어야겠어요. 쉬는 시간 끝나가요.

"그래. 수고해."

민진서와 통화를 마치고 강윤은 옥상 문을 닫고 스튜디오로 향했다.

스튜디오에는 김재훈이 오지완 프로듀서와 이야기를 나누고 있었다.

"형. 오셨어요?"

스튜디오에 들어선 강윤에게 김재훈은 손을 흔들었다.

강윤은 미안한 표정을 지으며 김재훈에게 말했다.

"집이 작업하기에는 좀 더 편했을 텐데…… 미안해."

"아니에요. 스튜디오도 작업하긴 정말 좋거든요."

말은 그렇게 했지만, 사실 스튜디오보다는 집이 더 편하긴 했다. 작업이야 자신의 방에서 할 수 있었지만, 이로다 하루와 간혹 마주쳐야 하는 게 불편했기에 당분간 스튜디오에서 작업을 하기로 마음먹었다.

미안한 얼굴을 한 강윤에게, 오지완 프로듀서가 악보를 보여주었다.

"사장님. 이것 좀 봐주시겠습니까?"

"이건?"

"재훈이가 이번에 가져온 악보입니다."

언제 친해졌는지, 오지완 프로듀서는 김재훈의 어깨에 친근하게 팔까지 걸쳤다.

강윤은 피식 웃으며 악보로 눈을 돌렸다.

"부지런하네. 어디, 한 번 들어볼까?"

강윤이 음악을 재생하자 피아노와 드럼 박자로만 이루어진 음악이 스피커로 흘러나오기 시작했다.

"신나네."

음표들이 하얀 빛을 만들어내자 강윤은 어깨를 들썩였다. 아직 보컬은 없었지만, 멜로디와 리듬만으로도 충분히 좋은 곡이었다. 특히 후렴에서 분위기가 달아오르는 것이 인상적이었다.

오지완 프로듀서는 저음을 부스팅하며 말했다.

"재훈이와 편곡에 대해 이야기하고 있었습니다. 분위기를 점점 끌어올릴 수 있게 편곡이 나왔으면 한다면서……."

그 말에 김재훈이 끼어들었다.

"형. 전 8비트로 리듬은 단순하게 갔으면 하는데, 어떻게 하는 게 좋을까요?"

음악은 끝났지만, 강윤은 쉽게 답을 하지 않았다. 오히려 음악을 다시 재생하며 편곡을 어떻게 하는 게 좋을지 생각했다.

'단순한 리듬이라. 하긴, 재훈이 같은 보컬이 있다면 악기를 난잡하게 깔기보다 보컬을 살리는 게 낫지.'

한참 동안 음악을 반복해서 들은 강윤은 김재훈과 눈을 맞췄다.

"확실히 리듬은 단순한 게 낫겠다. 소리도 적게 쓰고."

"소리도요? 이번 곡은 팝댄스하고 록을 섞어 보고 싶었는데……."

김재훈이 걱정하자 강윤은 피식 웃으며 답했다.

"그렇다면 가사가 중요하겠네. 사운드도 좀 더 시원해져야겠고. 뭔가 희망적인? 그런 느낌을 살리는 게 나을 것 같은데."

그러자 오지완 프로듀서가 감탄하는 표정으로 손뼉을 쳤다.

"오. 그렇군요. 확실히 그렇게 되면 느낌이 있을 것 같아요. 그렇게 되면 단조롭게 들리지도 않을 테고."

그의 맞장구에 강윤도 고개를 끄덕였다.

"희망찬 멜로디와 단조롭지 않게 들리는 게 핵심입니다. 저라면 그렇게 할 것 같네요."

김재훈도 강윤의 의견에 납득했다.

가사에 대한 의견은 좀 더 생각을 해봐야 할 부분이지만, 확실히 그의 의견은 설득력이 있었다.

"고마워요, 형."

"이 정도로 뭘. 그럼 수고해."

스튜디오를 나서며 강윤은 다시 사무실로 향했다. 계단을 오르다 강윤은 문득 이상한 생각이 들었다.

'재훈이 곡이라…… 그동안 재훈이가 부르던 스타일하고는 많이 다르던데. 쓸 곡을 찾아볼까?'

다시 사무실에 들어선 강윤은 이현지에게 서류를 받아들고 일을 시작했다.

예랑엔터테인먼트에는 최근 새로운 사무실이 지어졌다.

Art 전문 부서.

배우들이 전문적으로 일하는 영화와 드라마, 뮤지컬 등을 전담하는 사무실이었다. 그곳의 사무실에는 지금 SBB 방송국의 PD 오인수가 떨리는 목소리로 입을 열었다.

"진길성을 자르라고요?"

그는 당혹스러웠다. 비록 지금 진길성이 인지도는 없었지만, 그의 연기력이 대단하다는 걸 정말 잘 알고 있었다. 게다가 주연은 몰라도 조연에 대한 캐스팅은 맡기라고 했으면서 참견이라니.

하지만 오인수 PD의 감정은 무시한 채, 앞에 있던 강시명 사장은 무심한 어조로 답했다.

"기왕이면 조연이라도 인지도 있는 배우가 낫지 않겠습니까? 아, 그 연호 같은 배우 있잖습니까."

"연호…… 말씀이십니까?"

오인수 PD는 기가 막혔다.

배우 연호라면 1년 전 음주운전으로 파문을 일으켰던 배우였다. 연기력은 된다지만 자숙하다가 본격적으로 활동한 건 최근이었다.

그의 마음을 아는지 모르는지, 강시명 사장은 화통하게 웃었다.

"하하하. 저야 권할 뿐이죠. 배우 컨텍에 대한 건 PD님께 있으니까."

"……."

말만 그럴 뿐 속뜻은 전혀 그렇지 않았다.

'블록버스터만 아니었어도…….'

오인수 PD는 속이 부글부글 끓었지만 뭐라고 말을 할 수가 없었다.

100억대가 넘는 블록버스터를 위해 예랑엔터테인먼트에서는 거대한 자금을 투자했다.

잠시 책상을 엎을까 생각도 했지만, 오인수 PD도 결국 돈의 힘에 굴복하지 않을 수 없었다.

"생각해 보니 연호가 연기력 면에서는 훨씬 낫지요. 인지도 측면에서 보자면……."

"하하하. 그렇지요?"

"……."

아니 꼬았지만, 오인수 PD는 끓는 속을 억지로 가라앉히며 강시명 사장의 말에 수긍하지 않을 수 없었다.

이 바닥에서 돈의 힘이란 그 무엇보다도 강했으니까.

♪ ♩♩♩♩ ♩♩ ♩ ♪

대본 리딩에 들어가기 전.

김장선 PD와 김세영 작가가 월드엔터테인먼트의 드라마 전담팀이 있는 루나스를 찾아왔다.

그동안 강기준과 여러 가지 일들을 해결해 왔지만, 오늘은 '임주환 역'을 맡을 배우 캐스팅을 비롯해 음악과 관련된 일이기에 강윤도 함께했다.

"감사합니다."

김장선 PD는 드라마팀 신입직원, 문지혜가 내온 커피를 받아들고 감사를 표했다.

문지혜가 미소 지으며 자리로 돌아간 후, 강윤이 본론을 꺼냈다.

"곧 대본 리딩인데, 아직 임주환 역을 캐스팅 못했다니…… 심각하군요."

김장선 PD는 고개를 들지 못했다.

그동안 오디션도 보고 마땅한 배우들을 찾아 나섰지만, 마음에 드는 배우를 찾기란 결코 쉽지 않았다.

김세영 작가가 말했다.

"어울리는 사람이 딱 한 명 있었는데…… 옆 동네로 휙 가 버렸네요. 하아……."

강윤은 그녀가 누구를 말하는 지 짐작할 수 있었다.

'진길성이겠지.'

과거, '더 메시지'의 명품 조연으로서 대활약을 펼쳤던 배우.

강윤은 바로 물었다.

"진길성 말입니까?"

강윤의 말에 그녀의 눈이 휘둥그레졌다.

"네. 사장님이 어떻게 그걸……?"

캐스팅이 완료된 후에 보고하겠다며, 강기준에게도 말 한 적이 없었다. 그런데 강윤이 이를 알고 있다니…….

그러나 강윤은 대수롭지 않게 넘어갔다.

"그냥 대본에 어울릴 것 같은 사람을 생각해 봤을 뿐입 니다."

"이미지 매칭은 그렇게 쉽게 할 수 있는 게 아닌데……."

김세영 작가가 혼란스러워 했지만, 강윤은 바로 김장선 PD에게로 눈을 돌렸다.

"진길성은 캐스팅하기 힘듭니까?"

김장선 PD는 어두운 표정으로 답했다.

"그게…… 네. 저희가 갔을 때는 이미 캐스팅이 끝난 상태 였습니다."

진길성은 곧 방영할 지상파 드라마 '탈리스만'에 캐스팅이 된 상태였다. 대본은 주고 왔지만, 이미 도장까지 찍었다고 하니 별다른 방법이 없었다.

그래서 진길성 말고 어울릴 다른 사람을 찾아봤지만, 찾는 게 쉽지 않았다. 곧 대본 리딩 날짜는 다가오는데 캐스팅은 아직이니, 분위기는 어두울 수밖에 없었다.

그때, 강윤의 주머니에서 핸드폰이 지잉지잉 울려댔다.

"죄송합니다. 잠시……."

강윤은 양해를 구하고 전화를 받았다. 사무실에 있던 이현지에게 온 전화였다.

—회의 중 미안해요. 중요한 일이라 급히 연락드렸네요.

"말씀하세요."

—이번에 SBB 드라마 캐스팅 관련 기사가 났어요.

강윤은 목소리에 힘을 주었다.

"어떤 내용인가요? 배우는요?"

—주연엔 안재훈, 이민혜이고 조연엔 김영호, 진예화네요. 그 외…….

"안재훈, 이민혜……."

강윤은 이현지가 말해주는 배우들을 적어나갔다.

함께 앉아 있던 강기준은 강윤이 적어나가는 배우들의 이름을 보더니 경악에 찬 눈으로 손을 바들바들 떨었다.

그러나 강윤은 그를 보지 못한 채 이현지와 통화를 이어갔다.

"진길성은 없습니까?"

—진길성이요? 네. 사장님 말대로 주의 깊게 봤는데 없네요.

"그렇습니까? 감사합니다."

강윤은 바로 전화를 끊고 밝은 목소리로 모두에게 말했다.

"SBB에서 진길성을 캐스팅하지 않았다는군요."

"그렇습니까?"

김장선 PD의 얼굴이 눈에 띄게 밝아졌다.

"PD님. 일단 회의보다 진길성을 만나보는 게 우선일 것 같습니다."

"알겠습니다."

강윤의 말에 김장선 PD는 김세영 작가와 함께 서둘러 루나스를 나섰다.

두 사람이 급히 나서는 모습을 보며 강기준이 물었다.

"저, 사장님."

강기준의 부름에 강윤이 돌아섰다.

"기준 팀장. 무슨 일 있습니까?"

"그게…… 아, 아닙니다."

강기준이 하얗게 질린 안색을 한 채 돌아서려고 하자 강윤이 그를 붙잡았다.

"잠깐만요. 기준 팀장."

"……."

"SBB에 아는 얼굴이 있어서 그런 겁니까?"

"……."

강기준은 말이 없었다. 무언의 긍정이었다.

강윤은 짧게 한숨을 쉬며 말을 이어갔다.

"……이민혜. 이전에 기준 팀장이 홀로 키웠던 배우. 맞죠?"

"……."

"참, 재미있게 됐네요. 이번에 우리와 동 시간대 드라마로 부딪히게 생겼으니……."

강윤은 그를 이끌고 옥상으로 향했다.

공중파 블록버스터 탈리스만의 여주인공 이민혜.

그녀는 다름 아닌 강기준이 홀로 애지중지 키워왔던 여배우였다.

'하하…….'

강기준은 허탈한 표정으로 한숨지었다.

SBB에서 방영될 '탈리스만'은 대형 블록버스터로 시청자들의 기대가 매우 높은 드라마였다. 제작진도 훌륭하고 거대한 제작비까지 투입되는 기대작.

과거의 배우와 현재의 배우가 이런 식으로 맞붙는다니 달가울 리가 없었다.

"기준 팀장."

강윤은 강기준의 어깨를 가볍게 두드리며 위를 가리켰다.

가는 길에 자판기에서 음료수를 뽑은 후, 두 사람은 옥상으로 향했다.

따스한 햇살과 함께 시원한 바람이 불어오는 옥상에서, 강기준은 간이의자에 앉아 근심 어린 표정을 지었다.

"이 바닥이 좁은 건 알았지만 이런 식으로 만날 줄은 몰랐습니다."

콜라를 원 샷 해버린 강기준은 허탈한 감정을 진하게 드러냈다. 인지도를 따지면 민진서가 훨씬 위였지만, 드라마의 힘이나 방송사의 힘을 따진다면 이민혜 쪽이 훨씬 나았다.

강윤은 그의 어깨를 두드리며 말했다.

"차라리 방송 시간이라도 달랐으면 좋을 텐데. 운명이 참…… 얄궂군요."

강윤도 별달리 할 말이 없었다.

매니저와 연예인의 관계를 애인 사이라고까지 말하곤 했다.

이런 식으로 부딪히니 그의 마음이 뒤죽박죽인 건 말 안 해도 뻔했다.

강기준은 어깨를 늘어뜨리며 힘없이 웃었다.

"죄송합니다. 사장님 앞에서 이러면 안 되는데……."

강윤은 고개를 흔들었다.

"감정이 마음대로 되는 건 아닙니다. 그렇다고 기준 팀장이 공과 사도 구분 못할 사람은 아니고……."

"……감사합니다."

자신을 편안하게 해주는 강윤의 말에 강기준은 마음이 뭉클해졌다. 뒤에 누군가가 버티고 있다는 것이 이리도 든든한 것이었던가.

강윤은 난간에 양팔을 기대며 아래를 내려다보았다.

"난 기준 팀장이 어디에 집중해야 하는 지 잘 알고 있다고 생각합니다."

"……."

"그래서 별로 걱정은 되지 않습니다."

강윤은 그의 어깨를 다시 한 번 두드려주고는 먼저 옥상을 내려갔다.

'집중…… 이라.'

힘내라는 말도, 잘해보라는 말도 없었다.

그러나 그의 손길에는 따스함이 진하게 묻어 있었다.

강윤의 뒷모습을 바라보며 강기준은 다시 한 번 마음을 다잡았다.

사방에 붙어 있는 스피커와 바닥에서 울려대는 우퍼에는 긴장감이 넘치는 음악이 흘러나오고 있었다.

음악이 가장 잘 들리는 방 가운데에서, 이로다 하루는 악보를 들고 심각한 표정을 짓고 있었다.

'좀 더 긴박한 느낌이 나게 해야 하는데…….'

반복되는 멜로디로 긴장을 고조시킨 후, 밀어 올린다는 느낌으로…….

악보와 컴퓨터를 번갈아보며 작업을 하는 그의 눈에는 날이 섰다. 한참 작업을 하는 이로다 하루에게 희윤은 자신의 핸드폰을 보여주었다.

─緊張がより高まったらいいですね(긴장이 좀 더 고조됐으면 좋겠어요.)

의사소통을 위한 신무기, 핸드폰 번역기였다.

이로다 하루는 핸드폰에 고개를 내밀며 잠시 눈을 좁히다 자신의 핸드폰에 문자를 적었다.

─この節を繰り返しましょうか。(이 마디를 반복할까요?)

─そちらとの後ろ3回目まで繰り返した方がどうですか。(그쪽하고 뒷부분 3번째까지 반복하는 게 어때요?)

중간중간 번역기가 허점을 드러냈지만 의사소통에는 문제가 없었다.

희윤으로선 본격적으로 작곡에 참여하게 돼서 좋았고 이로다 하루는 자신이 생각하지 못한 새로운 것들을 더할 수 있어서 기뻤다. 그리고 박소영은 희윤과 이로다 하루가 만든 음악을 최종적으로 편곡하니 세 사람은 역할을 나누어 작업을 해나갔다.

의사소통이 느려서 작업이 조금 더디기는 했지만 오히려 결과는 훨씬 나았다.

그렇게 한참 작업을 하다가 이로다 하루는 기지개를 펴며, 손가락으로 문을 가리켰다.

"다녀오세요."

희윤은 그의 의도를 바로 알아채고는 웃었다.

이로다 하루가 이전처럼 아무런 말도 없이 휙 나가버리는 일은 이제 없었다.

그가 나간 후, 박소영도 컴퓨터를 대기모드로 돌려놓으며 말했다.

"강윤 오빠가 그때 뭐라고 한 이후에 저 사람도 조금 변한 것 같아."

희윤도 박소영의 말에 동의했다.

"내 말이. 아, 누구 오빤지 몰라도 기가 막힌다니까."

"그런데 말이야."

박소영이 심상치 않은 눈초리를 하며 희윤에게 속삭였다.

"이로다 씨, 강윤 오빠를 보는 눈이 심상치······."

"조용히 해."

"어?"

희윤이 목소리를 낮게 깔자 박소영은 순간 몸을 움찔했다.

'희윤이 무서워······.'

친구의 생각을 아는지 모르는지, 희윤은 그녀답지 않게 매몰차게 돌아서며 책상을 정리할 뿐이었다.

'여자도 별로지만 남자는…… 으으.'

악보를 가지런히 하는 그녀에게서 쿵쾅대는 소리가 유난히 크게 들려왔다.

'더 메시지'의 삽입에 강윤은 특히 많은 신경을 쓰고 있었다. 일본에서 이로다 하루라는 영화음악 전문가까지 데려왔고 월드의 모든 작곡가들을 투입했다.

아예 '더 메시지'를 떠올릴 때, 음악을 떠올릴 정도로 강윤은 퀄리티를 끌어올릴 생각이었다.

'그날의 운명은 처음에 힘을 너무 많이 준 것 같은데.'

스튜디오에서 음악을 들으며 강윤은 고개를 갸웃했다.

듣기 좋은 전자음과 리듬의 향연은 새하얀 빛을 넘실대게 했지만 그 안에 은색이 섞여 있었다.

강윤으로선 그게 아쉽기 그지없었다.

'힘을 조금만 **빼면** 좋을 것 같은데.'

강윤은 자신의 생각을 적어나갔다. 음악에 정답은 없다지만 이 조언이 조금이라도 도움이 되었으면 하는 마음에서였다.

첨언을 다 적은 강윤은 'Sad Love, Mission, Bullets' 등의

음악들을 재생했다.

슬픈 플룻 소리로 시작하는 Sad Love는 하얀빛에서 은색으로 변해갔다. 그리고 둥둥 소리를 내는 Mission이나 조용한 가운데 총성을 내는 Bullets이라는 곡은 몰입감을 더더욱 높일 수 있을 것 같았다.

'Sad Love는 명곡이 되겠군.'

플룻이 떨리는 소리가 특히 일품이었다.

악보에 달린 첨언을 보니 이로다 하루가 멜로디를 만들었고 희윤이 수정을, 박소영이 플룻을 비롯한 편곡을 했다고 적혀 있었다.

좋은 시너지 효과가 나는 듯해 강윤은 만족했다.

Save 등의 나머지 곡들도 만족스러웠다.

'금빛이 없는 게 아쉽긴 하지만…… 하긴, 금빛이 쉬운 게 아니지. 일단 은빛이 될 법한 곡들부터 손을 보자.'

몇 번이나 곡을 반복해서 들은 후, 강윤은 곡을 정리해서 돌려보낼 곡과 채택할 곡들을 골라냈다.

강윤이 작업을 마치고 기지개를 펼 때, 이현아와 오지완 프로듀서가 문을 열고 들어섰다.

"사장님. 안녕하세요."

이현아는 강윤에게 고개를 숙여 인사했다.

강윤도 손을 들어 두 사람을 맞이했다.

오지완 프로듀서는 짐을 풀어놓은 후, 의자에 앉았다.

"작업은 다 끝나신 겁니까?"

"네. OST라는 게 만만치 않네요."

"드라마에 삽입되는 곡은 가수들이 발매하는 앨범과는 또 다른 느낌이지요. 그래도 사장님이야 워낙 곡을 보는 눈이 뛰어나시니까……."

"과찬이십니다."

강윤은 멋쩍은 표정을 지었다.

얼마 있지 않아 이현아가 직접 커피를 타서 강윤과 오지완 프로듀서에게 건네며, 함께 자리에 앉았다.

뭔가 할 말이 있다는 걸 눈치챈 강윤이 얼음이 든 잔을 돌리며 물었다.

"무슨 할 말 있니?"

"별건 아니고…… 로비 좀 할까 해서요."

"로비? 아."

강윤은 이현아의 의도를 바로 눈치챘다.

드라마 OST에 참여하고 싶어요.

그녀의 의도를 안 강윤은 피식 웃었다.

"왜? OST 때문이야?"

"……바로 아시네요."

"타이밍이 재미있잖아. 하얀달빛의 OST라."

이미 두 번의 OST로 큰 히트를 친 하얀달빛이다. 이번에 또 낸다고 해도 나쁠 건 없었다.

반가운 제안이었지만 강윤은 바로 승낙하지 않고 다른 이 야기를 했다.

"현아야. 더 메시지가 어떤 드라마인지는 알고 있어?"

"아뇨. 대본을 본 적이 없어서……."

"그래? 그러면 먼저 희윤이나 진서한테 말해서 대본을 보 고 결정하는 게 어떨까?"

"네? 저번에는 그렇게까지는 안 했는데……."

이현아는 난감함을 드러냈다.

지난번 앨범들은 드라마를 보고 영감을 떠올렸었다.

그런데 이번에는 대본을 보라니. 드라마가 방영하기 전이 라지만, 너무 앞서가는 것이 아닐까 하는 생각이 들었다.

그런 그녀의 마음을 아는지 강윤은 웃으며 설명했다.

"글로 보는 것과 영상으로 것은 느끼는 게 완전히 다르지. 어차피 이번에 OST를 내려면 직접 쓸 거 아냐?"

"그, 그건 그렇죠."

사실, 강윤이 줬으면 하는 바람이 더 컸지만 이현아는 얼 떨결에 고개를 끄덕였다.

"내가 말은 해놓을 테니까 네 식대로 내용을 해석하고 곡을 만들어줬으면 좋겠어. 그러면 더 좋은 곡이 나올 것 같아."

"……네에."

이현아가 불퉁하게 답하자 강윤은 크게 웃었다.

"하하하. 왜? 조건이 까다로워서 그래?"

"아니에요."

"하하하. 이렇게도 해보고 저렇게도 해봐야 좋은 가수가 되지. 안 그래?"

"……그렇죠. 알았어요. 하여간 쉬운 게 없다니까."

그의 뜻을 알게 된 후, 이현아는 강윤의 말에 수긍했다.

이러니 저러니 해도 결국 가수에게 가장 좋은 방향을 택한다는 걸 잘 알았다.

이야기를 마친 강윤은 오지완 프로듀서에게 눈을 돌렸다.

"한유하고 이야기는 해보셨습니까?"

"말은 해봤는데, 난감해하더군요."

이현아가 팀원에게 이야기를 전하겠다며 나간 후, 강윤은 오지완 프로듀서와 다른 이야기를 나누었다.

"하긴, 지금까지 상상도 못한 일인데…… 그럴 만하지요."

"사장님. 조심스럽게 한 말씀 드리자면…… 이건 무리수 같습니다. 한유한테 디제잉을 배우라니요."

오지완 프로듀서가 이건 아니라며 반대했지만 강윤의 생각은 달랐다.

"이미 한유는 프로듀싱을 배웠잖습니까. 곡을 보는 센스가 있었습니다. 루틴 테크닉을 배우는 데 무리는 없다고 여겨집니다."

"그건 그렇지만…… 한유가 클럽을 좋아하는 것도 아니고. 게다가 지금까지의 이미지가 있는데 괜찮을까요?"

오지완 프로듀서는 걱정스러웠다.

클럽을 좋아하는 한주연이나 이삼순과는 다르게 서한유는 정민아와 함께 싫어하는 축에 속했다. 시끄러운 걸 싫어한다는 이유였다.

강윤은 잠시 생각하다가 말을 이어갔다.

"디제잉과 프로듀싱은 많이 차이가 나지 않습니다. 시끄럽다고 배우지 않을 정도라면 제가 사람을 잘못 본 거겠죠. 그리고 지금까지 사람들은 한유의 모범적이고 순수한 면을 좋아했었죠. 하지만 한편으로는 답답해하는 사람들도 꽤 됐었습니다."

"그렇긴 합니다만……."

"여기에 디제잉이라는 무기를 가지면 어떨까요?"

오지완 프로듀서가 조금씩 고개를 끄덕였다.

"반전……이군요. 사람들이 많이 놀랄 것 같습니다."

강윤은 말에 힘을 주었다.

"현재 에디오스 멤버들 중 중국어가 되는 사람은 한유밖에 없었습니다. 듀엣도 생각해 봤지만, 차라리 집중을 하는 게 나을 것 같다는 생각이 들더군요. 전 한유가 가질 반전으로 젊은 층을 공략하는 게 어떨까 생각했습니다."

"그렇다면 포장을 어떻게 하느냐가 관건이겠군요. 모범적인 이미지, 그리고 디제이. 홍보팀에서 애를 많이 써야 할 것 같습니다."

오지완 프로듀서는 첨언을 달며 수긍했다.

반전은 효과도 크지만 잘못하면 반감을 크게 살 수 있었다. 그는 강윤의 과감함에 놀라면서도 한편으론 걱정스러웠다.

"한유에게는 제가 이야기하겠습니다. 오 PD님은 디제잉을 가르쳐 줄 준비를 해주십시오."

"후우. 알겠습니다. 그런데 여긴 장비가 없는데……."

"며칠 내로 준비해 놓겠습니다. 일정을 잡아주십시오."

클럽에 대한 이야기까지 마친 후, 강윤은 다시 일을 위해 사무실로 올라갔다.

며칠 후.

"설마설마 했는데 진짜네요."

스튜디오에 온 서한유는 자신 앞에 놓인 디제이 컨트롤러를 보며 멍하니 눈을 껌뻑였다.

당황하는 그녀에게 강윤이 웃으며 말했다.

"계속 말했지만 디제이나 프로듀싱이나 본질은 같아."

"기억하고 있어요. 프로듀싱은 곡에서 공감을 얻어야 하고 디제잉은 테크닉으로 공감을 얻어야 한다. 둘 다 창조적이어야 한다는 말이죠?"

그녀의 똑부러지는 말에 오지완 프로듀서가 답했다.

"오, 역시 한유네. 정답이야."

"오면서 공부하고 왔거든요. 그런데……."

서한유는 걱정스러운 표정을 지으며 손가락을 꼼지락댔다.

"제가 일렉트로닉을 그다지 좋아하지 않아서요. 클럽도 그렇고……. 그런데 제가 디제잉을 할 수 있을까요?"

편견은 무서웠다. 시끄러운 걸 싫어하는 그녀에게 클럽의 폐쇄적인 공간과 일렉트로닉이라는 장르는 거부감이 저절로 일어났다. 강윤이 배워보라고 해서 오기는 했지만, 마음 한편에는 여전히 거부감이 있었다.

오지완 프로듀서도 걱정했지만, 강윤은 조금 달랐다.

"처음에만 그럴 거야."

"네?"

강윤의 자신 만만한 표정에 서한유가 의문을 표했다.

"디제잉은 음원을 선곡하고 재조합하는 창의적인 예술이

야. 클럽에서 많이 연주하고 시끄럽다는 말도 맞지만…… 직접 해보면 완전히 생각이 달라질걸?"

"……그래요?"

"일단 해보고 이야기할까? 오 PD님. 시작할까요?"

오지완 프로듀서는 서한유와 함께 컴퓨터를 켜고 디제이 컨트롤러의 설정 마법사에 들어갔다.

불과 몇 년 전까지만 해도 디제잉을 하기 위해서는 수많은 LP와 CD, 재생하기 위한 턴테이블과 장비들을 갖추어야 가능했지만 이제는 컴퓨터 한 대로 해결할 수 있게 되었다.

그 편리함을 만들어 준 소프트웨어 '트랙스 프로'를 실행한 오지완 프로듀서는 서한유에게 손짓했다.

"여기 잘 봐. 오디오 드라이버를 설정하고……."

순 영어로 구성된 화면을 차근차근 넘기며 오지완 프로듀서는 직접 시범을 보였다.

서한유는 수첩에 필기를 해가며 그의 설명을 담으려 애썼다. 프로듀싱을 하면서 음악 프로그램에 꽤 익숙해진 서한유였기에 기본적인 설명은 빠르게 넘어갈 수 있었다.

"알겠어?"

"네. 여기서 어떤 컨트롤러를 사용할지 선택을 해야 한다는 거죠?"

"맞아. 그리고 데크의 구성도 할 수 있어. 여긴 꼭 기억해야 해."

"네."

이해가 빠른 학생을 가르치는 건 선생님으로선 신나는 일이다. 오지완 프로듀서는 탄력을 받아 컨트롤러 설정에 대한 설명을 이어갔다.

서한유는 그의 설명을 계속 따라가며 매뉴얼을 숙지했고 샘플을 등록하는 방법과 레이턴시(Latency)라는 사운드 입출력 시간차에 대한 설명까지 이해할 수 있었다.

"그럼 여기까지 혼자서 한번 해볼래?"

서한유는 오지완 프로듀서가 했던 설정들을 그대로 따라 했다. 느리기는 했지만 서한유는 확실히 과정을 기억하고 오지완 프로듀서가 했던 설정들을 그대로 해냈다.

'프로듀싱을 해서 그런가? 잘하네.'

한편 테이블에 자리 잡고 앉아 수업을 지켜보던 강윤의 입가에서 미소가 피어났다.

이후 계속되는 수업에서 오지완 프로듀서는 차근차근 디제잉의 기초에 대해 알려주었고 서한유도 그의 수업을 차분히 따라갔다.

두 사람의 수업은 해가 질 무렵, 샘플을 조금 만져본 후 끝이 났다.

"수고하셨습니다."

오늘 수업내용을 계속 되뇌며 서한유는 스튜디오를 나섰다.

단순히 시끄러운 음악인 줄 알았던 EDM이라는 장르가 생각과는 많이 다르다며, 서한유는 열심히 하겠다는 말을 남겼다.

그녀가 돌아간 후, 오지완 프로듀서는 컴퓨터를 끄고 의자에 앉아 일을 하는 강윤에게 다가갔다.

"끝났습니다."

노트북으로 유명 DJ들의 음악을 듣고 있던 강윤은 헤드셋을 뺀 후, 고개를 들었다.

"수고하셨습니다. 앉으세요."

오지완 프로듀서가 앉자 강윤은 노트북을 덮으며 물었다.

"테크닉을 익히는데 크게 문제는 없을 것 같지요?"

오지완 프로듀서는 잠시 생각하다가 입을 열었다.

"네. 하지만 음악을 믹스시키는 방식이나 EDM, 하우스 등을 제대로 이해하는 건 다른 문제입니다."

디제잉의 핵심이라고 해도 과언이 아닌 전자음악 장르들.

불행히도 서한유는 이런 장르와 친하지 않았다. 차라리 클럽과 친한 한주연이나 이삼순이 이런 장르와는 더 가까울 것이다.

하지만 강윤은 조금 다른 이야기를 했다.

"쉽진 않겠지만 전혀 다른 믹싱을 낼 수도 있습니다. 편견이 없을 테니 말이죠."

"그건 그렇습니다만, 확률이 무척 낮을 겁니다. 디제이들 사이에서도 말이 많을 테고……."

"그런 단점을 잡아주는 게 우리의 역할 아니겠습니까."

말은 쉬웠지만 만만한 게 아니었다.

'쉽지 않구나. 그래도…….'

오지완 프로듀서는 이번 일도 만만치 않을 거라고 생각하며 짧게 한숨을 쉬었다.

하지만 MG에 있을 때와는 다르게 신선한 도전들이 많아 하루하루가 즐거웠다.

♪ ♩♪♩ ♪♫ ♩♪

"이게 스타크래프트 밴이구나……."

푹신한 시트가 만족스러워서일까?

희윤은 몇 번이나 엉덩이를 들썩거렸다. 그녀 옆에 있던 박소영 역시 천장에 달린 TV의 채널을 바꾸며 신세계를 체험하고 있었다.

"역시 새 차가 좋구나."

불과 일주일 전.

월드엔터테인먼트는 배우팀을 위해 밴을 구입했다. 그것도 최신형으로. 그게 지금 타고 있는 이 차였다.

희윤이 부러운 듯 중얼거리자, 앞좌석에 앉은 강윤이 헛기침을 했다.

"그렇지? 왜? 차 사고 싶어?"

"아니. 그다지. 하긴, 진서라면 이 정도는 해줘야지. 그치?"

희윤이 눈웃음을 지으며 뒷좌석에 앉은 민진서에게로 눈을 돌렸다. 그러자 민진서는 화들짝 놀라며 바로 희윤에게 답했다.

"그, 그럼요! 맞아요. 저 열심히 할게요!"

"……진서야?"

민진서의 과한 반응에 강윤이 의아해했지만 희윤은 계속 눈웃음을 지을 뿐이었다.

"출발합니다."

운전대를 잡은 강기준은 시동을 걸고 도로로 나섰다. 그는 차체가 흔들거리지 않는 운전솜씨를 자랑하며 모두를 방송국으로 이끌었다.

그때 중간 좌석에 앉아 있던 이현아가 강윤에게 물었다.

"사장님. 오늘 방송국에서 대본 리딩한다고 했었죠?"

"맞아."

"저, 정말 거기 가도 괜찮을까요?"

혹여 방해가 되지 않을까. 아무래도 배우들의 생생한 목소리를 들으면 더 악상이 잘 떠오르지 않을까라는 생각에 따라오기는 했지만……

답은 강윤 대신 민진서가 대신해 주었다.

"이미 선생님이 다 이야기했어요. 걱정 안 하셔도 될 거예요."

배우에게서 이야기를 들으니 이현아는 안도의 한숨을 쉬었다.

얼마 있지 않아 밴은 방송국에 도착했다. 평소와 같이 AD의 마중을 받고 모두는 리딩이 진행되는 세미나실로 향했다.

"모두 어서 오십시오."

김장선 PD를 비롯한 연출진들도 만반의 준비를 갖춰놓고 모두들 기다리고 있었다.

강윤 일행이 도착한 지 얼마 지나지 않아 민혁진과 며칠 전에 극적으로 캐스팅된 진길성까지 도착하니 세미나실은 사람들로 북적였다.

대본 리딩에 들어가기 전, 김장선 PD는 분위기를 잡기 위해 자리에서 일어났다.

"자자. 본격적으로 리딩에 들어가기에 앞서 새로운 얼굴들을 소개하는 시간을 가질까 합니다."

그는 먼저 민혁진 옆에 앉은 진길성을 가리켰다.

배우 진길성은 편안한 인상에 이목구비가 뚜렷한 큰 키를 가진 30대 후반 남성이었다. 이름을 불르자 그는 자리에서 일어나 정중히 고개를 숙였다.

"안녕하십니까? 진길성입니다. 이렇게 좋은 감독님, 스탭 분들과 작업을 하게 돼서 영광이라고 생각합니다. 부족하지 만 잘 부탁드립니다."

과묵한 성격인지 그는 필요한 말만 하고 자리에 앉았다.

박수가 터져 나온 후, 김장선 PD는 이어 강윤에게 눈을 돌렸다.

"모두가 아는 분이지만, 정식으로 보는 게 처음인 분들도 계실 겁니다. 우리 모두를 모이게 해주신 분입니다. 우리의 돈줄이죠?"

"하하하하."

"모두 잘 보여야 합니다. 혹시 실수해서 돈줄 끊어지면 우 리 아무것도 못해요."

화기애애하게 웃음이 터지는 가운데 강윤은 멋쩍게 자리 에서 일어났다. 김장선 PD가 자기소개를 부탁하며 손짓하자 강윤은 가볍게 목례를 했다.

"안녕하십니까. 월드엔터테인먼트의 이강윤입니다. 드라 마는 여기 김 PD님이나 김 작가님, 그러니까 투 김님들이 잘 알아서 하실 거고……."

"하하하하."

'투 김'이라는 말이 입에 감겼는지 몇몇 이들이 피식 웃음 지었다.

"전 열심히 자금만 대겠습니다."

"오오오!"

최고의 투자자였다.

열렬한 지지를 받으며 강윤은 말을 이어갔다.

"모두가 잘 할 수 있는 걸 열심히 해주셨으면 합니다. 이번 드라마, 대박 한 번 쳐봅시다. 잘 부탁합니다."

"오오오!"

자금만 투자하겠다는 말의 임팩트는 엄청났다. 게다가 시나리오에 전혀 터치가 없다는 소문도 퍼졌는지 모두의 환호가 세미나실에 넘실댔다.

"강윤 오빠 인기 대단하네."

"그러게."

박소영과 희윤도 놀라는 가운데 민진서는 입가에 엷게 미소 지었다.

그렇게 새로운 사람 소개도 끝나고 본격적으로 대본 리딩이 시작되었다.

민진서는 민혁진의 팔목을 거세게 붙잡으며 날선 목소리로 외쳤다.

"저기요. 얘기 좀 해요."

민혁진은 대번에 몰입도를 높이는 그녀의 행동에 놀라며 대본에 빠져들었다.

"나중에."

"진짜 이대로 포기할 거예요?"

"아까 물어봤죠? 진짜로 봤냐고? 네. 봤어요. 봤다고! 내 눈으로 똑똑히!"

책상을 치는 민진서의 외침이 세미나실을 울렸다.

민혁진도 그녀의 외침에 눈에 힘을 주며 목소리를 높여 갔다.

'진서 연기 장난 아니다.'

'우와…….'

박소영과 희윤도 실제 상황 같은 두 사람에 연기에 빠져들었고 이현아도 대본과 두 사람의 연기를 번갈아보며 필요한 것들을 적어나갔다.

같은 부분을 몇 번 반복한 이후, 김장선 PD가 말했다.

"두 사람, 다 잘했어요. 크게 지적할 부분은 없네."

"감사합니다."

"음악을 틀고 한 번 해볼까요?"

대본 리딩에서 이런 경우는 거의 없었다.

보다 나은 작곡을 위한 강윤의 요청에 의한 작업이었고 김장선 PD도 편집에 도움이 될 것 같아 긍정적으로 받아들였다.

"갑니다."

김장선 PD는 장면에 따라 미리 선곡해 둔 음악을 재생했다.

곧 스피커에서 긴장감을 조성하는 둥둥대는 소리와 함께 저음의 멜로디가 흘러나오기 시작했다.

'이 곡은 Mission이군. 은빛이 많이 섞였어.'

강윤의 요청에 이로다 하루가 수정한 곡이었다. 수정 전에도 약간의 은빛이 있었지만 수정 후, 은빛이 더욱 진해진 것 같았다.

하지만 완전한 은빛이 되지 않아 아쉬웠다.

"진짜 이대로 포기할 거예요?"

대본을 읽어가며 민진서의 목소리가 점점 고조되고 민혁진도 달아오른 분위기에 기름을 끼얹어갔다.

그런데…….

'어?'

두 사람의 연기에 몰입하던 강윤은 저도 모르게 눈을 비볐다.

"아까 물어봤죠? 진짜로 봤냐고? 네. 봤어요. 봤다고! 내 눈으로 똑똑히!"

민진서의 외침과 함께 타이밍 좋게 쾅하는 소리가 터져 나왔다. 그와 함께 섞여 나오던 빛은 완전한 은빛으로 탈바꿈

했다.

"봤으면……! 그래서, 그래서 나더러 어쩌라고……."

음악의 효과 때문일까?

민혁진의 목소리가 더더욱 커진 느낌이 들었다.

곡 생각에 대본에서 눈을 떼지 못하던 이현아마저 펜을 내려놓고 연기자들에게 시선을 돌릴 정도였다.

모두의 시선을 모았다는 걸 아는지 모르는지, 민진서는 그의 팔을 꽉 쥐며 외쳤다.

"살려야죠! 이대로 가만히 있으면 다음 희생자가 또 나올 겁니다! 전 가겠어요!"

민진서는 돌아서며 성큼성큼 문 쪽으로 다가갔다. 몰입한 탓인지, 그녀의 표정은 진하게 상기되어 있었다.

강윤의 눈에 보이는 은빛은 환하게 빛나 사람들에게 스며들고 있었다.

'역시.'

그의 머릿속에 민진서의 연습생 시절, 그녀가 1인극을 하며 노래를 불렀던 게 기억났다. 그녀로 인해 은빛이라는 존재를 처음으로 알게 된 시절.

노래와 환경의 조화가 은빛을 만드는 것이 아닐까 하던 강윤의 생각은 그렇게 들어맞았다.

"후우."

연기를 끝내고 호흡을 몰아쉬는 두 사람을 보며 강윤은 박수를 쳤다. 이어 다른 사람들에게도 박수가 터져 나왔다.

"오오오!"

민진서와 민혁진은 민망했는지 가볍게 고개를 숙였지만, 김세영 작가가 그들을 추켜세웠다.

"최고였어요. 연기도, 음악도. 리딩할 때 음악을 튼다는 게 망설여졌는데…… 효과 최곤데요?"

김세영 작가는 강윤 쪽을 바라보며 활짝 웃었다.

배우들이 이 정도로 몰입할 수 있을 정도의 퀄리티라면 편집할 때 음악을 넣으면, 어떤 효과가 나올지 상상하기도 힘들었다.

이후, 리딩은 말할 것도 없었다.

강윤의 짐작대로 진길성은 '더 메시지'에서 엄청난 존재감을 뽐냈다. 남녀 주인공의 선배로 등장하는 그는 사건을 해결하는 중역으로서, 든든한 지원자로서의 면모를 보여주며 중후한 매력을 목소리로 선보였다. 독립영화를 하며 키워왔던 연기력에 음악의 힘까지 더해지니, 연기력에 더더욱 날개를 달았다고 해도 과언이 아니었다.

주연배우 세 사람을 중심으로 리딩은 숨 쉴 틈도 없이 순식간에 넘겨버렸다.

리딩 6시간이 지난 후, 쉬는 시간.

볼일을 마친 강윤은 민진서와 필요 인원을 놔두고 돌아가기 위해 방송실을 나섰다. 김장선 PD와 김세영 작가는 돌아가는 강윤 일행을 지하 주차장까지 마중나왔다.

"작곡가님. 사장님? 참 다양한 호칭을 가지고 계셔서 계속 헷갈리네요."

김세영 작가는 강윤을 바라보며 살짝 얼굴을 붉혔다.

강윤은 웃으며 답했다.

"편하게 부르시면 됩니다. 오늘 즐거웠습니다. 진서, 잘 부탁합니다."

"걱정 마십시오."

김장선 PD는 안심하라며 손가락으로 자신을 가리켰다.

강윤은 그들과 악수를 나눈 후, 돌아섰다.

그때, 두 사람이 강윤에게 깊이 고개를 숙였다.

"PD님, 작가님."

"감사합니다. 정말……."

강윤이 멋쩍게 웃었지만, 김세영 작가는 고개도 들지 않고 말을 이어갔다.

"지금까지 여러 투자자들을 만나왔지만 작곡가님 같은 투자자는 만나본 적이 없었어요. 투자자들을 이해 못 하는 건 아니었지만, 그들의 중심은 언제나 돈이었죠. 시나리오에 무리가 와도 PPL을 억지로 넣어야 했고 배우를 꽂아 넣으면 억지로 등장인물을 만들어야 했죠."

"작가님."

강윤이 두 사람의 어깨를 잡아 억지로 일으켰다.

그런데 김세영 작가의 눈에는 눈물이 어려 있었다.

"근래에 이렇게 즐겁게 작업을 해 본 적이 없었어요. PPL 이나 쓸데없는 요구에서 자유롭게 의도대로…… 하…… 왜 이렇게 눈물이 나지……."

강윤이 손수건을 건네자 그녀는 말도 잇지 못하며 눈물을 닦아나갔다.

김장선 PD가 대신 그녀의 말을 이어받았다.

"다른 것보다, 작품으로 보여드리겠습니다. '더 메시지'는 저희의 필생의 역작이 될 것입니다."

"믿겠습니다."

강윤은 고개를 끄덕이며 운전석에 올라탔다.

강기준이 방송국에 남았기에 운전을 해야 했다.

운전석 창문을 연 강윤에게 김장선 PD는 강한 어조로 말을 이어갔다.

"종편이라 흥행이 힘들다? 러브라인이 없어서 안 된다? 걱정하지 마십시오. 이번 작품, 제 모든 걸 걸고 반드시 성공시키겠습니다."

강윤은 그들의 강한 눈빛에 만족하며 주차장을 벗어났다.

일주일 후.

인터넷은 장안의 화제, SBB 방송국의 블록버스터 이야기로 떠들썩했다.

[백억 대 이상 투입. SBB 드라마 탈리스만. 화려한 배우진…….]

[여주인공 이민혜, 탈리스만으로 연기력 논란 벗어던진다?]

[동 시간대 시청률 1위, 탈리스만에게 맡겨라!]

2014년 여름을 강타할 초대형 블록버스터라며 사람들의 기대가 엄청났다.

한편으로는 여주인공이 연기를 못한다며 VVIP 소속사에서 로비를 얼마나 했냐며 말도 많았다.

그리고…… 월드엔터테인먼트 홈페이지와 AHF 방송국의 드라마 카테고리에 하나의 동영상이 올라갔다.

[더 메시지 제작발표회 2014. 05……]

하지만 동 시간에 방송되는 블록버스터 '탈리스만' 때문에 사람들에게 주목을 받지 못…….

[민진서, 종편 AFH 드라마 '더 메시지'로 복귀.]

[탑 여배우의 핸디캡매치. 이민혜와 동 시간대 충돌. 승자는?]

……하기보다, 오히려 더 자극적인 기사들이 양산되며 사람들의 눈에 즐거움을 주었다.

하루 차이로 열린 제작발표회 이후.

수요일과 목요일에 벌어질 시청률 전쟁의 서막이 열렸다.

5화

굴레를 벗다

―오늘의 연예통신, 다음 소식입니다. 요즘 수목드라마 전쟁이 심상치 않은데요. 올 여름을 대표할 대형 블록버스터 방송이 찾아왔습니다. S 방송의 탈리스만인데요. 백억 대 이상의 예산이 들어간 블록버스터 드라마로 연일 화제가 되고 있습니다. 임무와 사랑 사이에서 갈등하는 스파이 수희 역을 맡은 여배우 이민혜 씨는…….

　예랑엔터테인먼트 사장실의 커다란 벽걸이 TV에서는 한 연예전문 뉴스가 흘러나오고 있었다.
　곧 TV에서는 탈리스만의 제작발표회를 보여주었다.
　하얀 블라우스에 짧은 치마로 시선을 사로잡은 이민혜의 모습이 눈에 들어왔다.

"그땐 참 쫄깃했지. 뭐, 민혜 정도면 연기력 논란도 조금 있지만, 예쁘니까."

흩어지는 담배연기 사이로 마이크를 든 이민혜를 보며 강시명 사장은 입꼬리를 들어올렸다.

ㅡ……감독님과 여러 선배님들께 누가 되지 않게 열심히 하겠습니다.

TV에서 짧은 그녀의 말에 박수가 터져 나왔다.

사람들은 신세대 여신이네, 대세내 하며 이민혜를 띄우기에 바빴고 곳곳에서는 플래시 터지는 소리로 요란했다.

"저 정도면…… 받을 만하지. 하하하."

큰 박수를 받으며 감독에게 마이크를 넘기는 이민혜를 바라보며 강시명 사장은 웃음을 터뜨렸다.

배우들과 최고의 드라마가 되도록 최선을 다하겠다는 당연한 말을 들은 후, 강시명 사장은 자리에서 일어났다.

"발표회는 원래 당연한 이야기를 하는 곳이지."

발표회 당일, 중국에 있었기에 영상을 제대로 보지는 못했었다. 이후 영상을 보고 뉴스도 봤지만 크게 특이한 점은 없었다.

그는 TV를 끄고 커피 잔을 든 후 창가에 섰다.

"후. 역시 종편 따위하고는 비교도 하지 않는군."

강시명 사장은 연신 미소 지었다.

인터넷 기사를 보고 은연중에 AHF 방송국에서 하는 수목드라마를 의식하고 있었는데 방송에 돈을 푼 보람이 있었다.

민진서와 이민혜.

배우로서의 경력이나 외모 등을 따지면 이민혜와 민진서를 비교하는 건 말도 안 되는 일이지만 노이즈성 마케팅에는 탁월했다.

"······후후."

석양을 바라보며, 강시명 사장은 눈가에 힘을 주었다.

♪ ♩♪♩♬♪

"자리가 많이 좁아졌군요."

이현지가 건네는 서류에 결재사인을 하며, 강윤은 옹기종기 모여 있는 책상들을 가리켰다.

그녀도 강윤의 말에 동의하는지 한숨을 내쉬었다.

"팀을 분리했는데도 자리가······ 사무실 규모도 생각을 했어야 했는데 빈 인원을 채워야 한다는 것만 생각했나 보네요. 제 불찰이에요."

정확히는 알면서도 저지른 실수였다.

배우전담팀과 가수전담팀으로 팀을 나누면서 생긴 결원을

보완하기 위해 그녀는 발 빠르게 움직였다. 팀을 재편하는 김에 MG나 예랑, 윤슬 같은 거대한 소속사처럼 가수마다 팀을 따로 만들어야겠다는 생각에 직원들을 많이 뽑은 게 화근 아닌 화근이 되었다.

강윤은 자리에서 일어나 그녀에게 소파에 앉을 것을 권했다. 두 사람이 소파에 앉자 가까운 자리에 있던 정혜진이 자연스럽게 커피를 내려왔다.

"고마워요."

"네. 저 사장님, 이 기회에 저 사장님 비서로 전직할까요?"

정혜진의 가벼운 농담에 이현지와 강윤은 피식 웃음 지었다.

그녀가 자리로 돌아간 후, 이현지가 입을 열었다.

"이제 건물을 이전할 때가 온 것 같네요. 직원들 자리 문제도 있고 사람들 이목도 쏠리는데……."

"리모델링을 하는 건 어떻습니까?"

겉으로 보이는 것에 많은 돈을 들이고 싶지 않았다.

강윤은 그런 것에 무척 회의적이었다.

그러나 이현지는 고개를 흔들며 반론을 내놓았다.

"이 건물에서 리모델링을 해봐야 연예인 몇 명이나 소화할 수 있겠어요. 앞으로 가수나 배우 1명당 팀원이 붙으면 회의실은 필수예요. 거기에 연습실에 스튜디오도 1개만으로 소

화할 수 있겠어요? 지금은 없지만 연습생도 뽑아야죠. 가수
든 배우든. 숙소도…….."

"알겠습니다."

강윤은 빠르게 수긍했다.

이후 이현지가 이전할 건물을 알아본 후 이야기하기로 하
고 그녀는 자리에서 일어났다. 그녀가 자리로 돌아간 후, 강
윤은 옹기종기 모여 앉은 직원들 사이를 통과하며 사무실을
나섰다.

'이번 기회에 루나스를 아예 공연전용으로 리모델링하고
배우전담팀도 업무전용 공간을 따로 주는 게 어떨까? 루나
스에 이것저것 끼워 넣어서 미안하기도 했고.'

강윤은 여러 가지를 생각하며 스튜디오로 향했다.

스튜디오에 들어서자 서한유가 진땀을 흘리며 디제이 컨
트롤러를 조작하며 여러 가지 음악들을 섞는 작업을 하는 모
습이 눈에 들어왔다.

"한유야. 잘…… 윽!"

서한유가 믹싱한 음악에서 진한 검은빛이 흘러나왔다. 그
검은빛은 강윤의 가슴에 파고들어 순간적으로 가슴을 옥죄
게 만들었다.

"사장님!"

강윤이 순간 허리를 숙이자 서한유가 놀라 강윤에게 달려

왔다. 다행히 그녀가 음악을 끄고 와서인지 강윤은 바로 자리에서 일어날 수 있었다.

"사장님, 괜찮으세요?"

"으으…… 괘, 괜찮아."

"병원에라도 가보셔야 하는 것 아니에요? 희윤 언니한테 연락이라도……."

서한유가 걱정스러운 표정으로 묻자 강윤은 그럴 필요 없다며 손을 흔들었다.

"괜찮아. 현기증이 나서 그런 거니까."

"현기증이라뇨. 사……."

"괜찮아."

강윤은 단호한 얼굴로 그녀를 안심시켰다. 이런 일로 걱정을 끼칠 필요는 없었다.

결국 몇 번을 망설이다 서한유는 결국 한 걸음 물러나고 말았다.

잠시 후.

놀란 서한유를 진정시키기 위해, 강윤은 탕비실에서 커피와 음료수를 꺼내왔다.

"……감사합니다."

서한유는 손을 떨며 강윤이 건네는 커피를 받았다.

강윤은 괜찮다는 얼굴로 음료수를 마시며 화제를 전환

했다.

"디제잉, 쉽지 않지?"

"……네. 트랙스 프로는 조금 알겠는데, 믹싱하고 효과를 넣는 게 어렵네요."

서한유는 엷게 웃으며 고개를 흔들었다. 디제잉을 배운 지 오래 되지 않았지만 그녀는 소프트웨어를 꽤 능숙하게 다루고 있었다.

비록 검은빛의 향연이 펼쳐졌지만 강윤은 긍정적이라 생각하고 그녀를 격려했다.

"지금은 이것저것 섞어보면서 감을 잡는 게 중요하다고 생각해. 유명 DJ가 믹싱한 것들도 많이 들어보고 할 수 있으면 카피를 해보는 것도 좋겠지. 힘들겠지만."

"알겠습니다."

강윤은 서한유를 격려하며 옥상으로 향했다.

'……점점 빛에 민감해지는 것 같아.'

담배를 하나 태우려다 강윤은 다시 집어넣었다. 지금도 몸이 놀라 손이 바들바들 떨려오고 있었다.

이전에는 불쾌한 감정이 느껴지거나 현기증이 조금 나는 정도였는데…….

'하긴. 핸디캡 없는 능력이 어디 있겠냐만.'

강윤은 긍정적으로 생각하기로 했다. 은빛, 금빛의 음악을 접하고 만들어가며 음악에 더 민감해지고 있는 것이라고.

'노래방이나 노래주점 같은 곳은 꿈도 꾸지 말아야겠군.'

이제는 노래방에서 스트레스를 푸는 일은 불가능할 것 같았다. 아쉬움을 정리하며 강윤은 떨림이 진정된 손을 주머니에 넣었다.

구겨진 담배를 꺼내려 할 때 옥상 문이 열리며 익숙한 목소리가 들려왔다.

"어? 여기 있었네?"

동생, 희윤이었다.

강윤은 작게 한숨을 쉬며 담배에서 손을 놓았다.

"왔구나."

"응. 뭐하고 있었어?"

"뭐, 그냥."

희윤은 심드렁하게 말하는 강윤 옆에 섰다.

오랜만에 남매끼리 마주하는 순간이었다.

그녀는 조용히 강윤의 팔에 팔짱을 끼며 그의 어깨에 머리를 기댔다. 강윤도 가볍게 그녀의 머리칼을 쓸어내리며 미소 지었다.

"오랜만이다. 둘만 있는 거."

"그러게. 요새는 계속 바빴으니까. 아픈 데는 없어?"

희윤은 오른팔로 알통을 만들며 자신감을 드러냈다.

"응. 이젠 1년에 한 번씩만 오면 된데."

"진짜?"

강윤은 희윤을 덥석 안았다.

"오빠. 숨 막혀."

"하하하하!"

희윤과 일을 하면서도 마음 한편엔 항상 동생에 대한 걱정이 남아 있었다. 그런데 이 정도면 더 이상 걱정할 단계는 결코 아니었다.

강윤은 기쁜 기색을 진하게 드러내며 만세를 불렀다.

희윤은 그런 오빠의 모습이 기뻤는지 함께 미소 지으며 박수를 쳤다.

한참이 지나서야 감정이 조금 진정되자 희윤이 입을 열었다.

"더 기쁘게 해주고 싶은데 오늘은 일 때문에 왔어."

"일? 이로다 씨하고 무슨 일 있어?"

"아니. 그냥 곡 평가 좀 받고 싶어서."

희윤은 핸드폰에 이어폰을 꽂아 강윤에게 내밀었다.

강윤은 이어폰을 꽂은 후, 음악을 재생했다.

'슬프면서도 차분한 곡이군.'

여성의 허밍으로 시작하는 음악은 서글프면서도 빠져들게 만드는 듯했다.

지난번 대본 리딩 때나 보고 때에도 들어본 적이 없는 곡이었다.

　'괜찮…… 어?'

　곡의 분위기가 확 달라지자 강윤의 눈이 커졌다. 둥둥 소리와 함께 각종 효과음들의 향연이 진하게 펼쳐졌다. 그와 함께 여성의 허밍음과 함께 묵직한 저음이 강윤의 귀를 간질였다.

　음악을 모두 들은 후, 강윤은 턱에 손을 올렸다.

　"괜찮네. 일단 좀 더 들어봐야 알 것 같지만……."

　"그래? 이로다 씨가 나더러 한 번 만들어보라고 해서 만든 곡인데…… 괜찮아?"

　"이로다 씨가? 그보다 혼자 만든 곡이라고?"

　강윤은 적잖이 놀랐다.

　지금까지 이로다 하루가 OST의 골격을 만들면 희윤과 박소영이 살을 붙이는 형식이었다.

　그런데 이 곡은 혼자만의 작품이라니.

　"일단 한유 연습 끝나면 들어보고 말해줄게. 몇 번 더 들어봐야 알 것 같아."

　"그래? 내일 아침까진 말해줘. 모레까지는 곡을 주기로 해서."

　"알았어."

희윤과 잠시 이야기를 더 나눈 이후, 강윤은 다시 사무실로 내려갔다.

책상 위에 밀려있던 결재서류들에 검토하고 사인을 하고 나니 어느덧 밤이 되었다.

'한유는 갔겠군.'

사무실에도 직원들이 대부분 퇴근해서 빈자리가 많았다.

"먼저 갑니다. 내일 봐요."

남아 있던 직원들의 인사를 받으며, 강윤은 지하 스튜디오로 내려갔다. 10시에 가까운 시간이 돼서인지 이미 서한유는 없었다.

강윤은 컴퓨터를 켜고 음악을 재생했다. 곧 음표들이 흘러나와 하얀빛을 만들어내기 시작했다. 조용하면서 슬픈 음악은 천천히 흘러가다가 둥둥 소리를 내며 반전을 만들어냈다.

그러나……

'하얀색.'

강윤은 고개를 절레절레 흔들었다. 분위기가 반전되면 사람들을 더 끌어들일만한 요소가 되어 곡의 색이 바뀌기도 하는데, 이 곡의 색은 미동도 하지 않았다.

'이로다 씨와 희윤이가 만든 곡…… 큰 차이는 나지 않는 것 같은데. 뭘까?'

스튜디오에 켜진 불은 밤새 꺼질 줄을 몰랐다.

일산에 위치한 DLE 방송국.

강기준은 민진서와 함께 라디오 스튜디오에 있었다.

"잘 부탁드립니다."

두 사람은 청취율이 가장 높은 저녁 8시에 송출하는 '해피스마일'의 PD 김영지에게 고개를 숙이고 있었다.

김영지 PD도 민망했는지 자리에서 일어나 그의 손을 잡았다.

"매, 매니저님 이렇게 하지 않으셔도……."

"아닙니다. 우리 진서가 오랜만에 복귀하는 거라 많이 걱정되는데…… 아무쪼록 잘 부탁드립니다."

최고의 탑스타를 보유하고 있었지만, 강기준은 겸손했다. 관리하는 스타의 급에 따라 매니저의 콧대도 올라가곤 했지만, 강기준에게 그런 모습은 존재하지 않았다.

김영지 PD는 강하게 고개를 끄덕였다.

"걱정 마세요. 살살 해드릴 테니까요."

"하하하."

가벼운 농담과 함께 한참 동안 이야기를 나눈 강기준과 민진서는 라디오 스튜디오를 나섰다.

엘리베이터로 향하며 민진서가 조심스럽게 물었다.

"오빠."

"응?"

"저기, 너무 저자세로 나갈 필요는 없지…… 않을까요?"

지금까지 이렇게 낮은 자세로 나온 관리자는 없었다.

기껏해야 강윤 정도일까?

하지만 그때는 초장기 무명 때였고 그 이후, MG의 갑과
같은 관리가 익숙한 그녀였다.

강기준은 그녀의 마음을 알았는지 차분히 설명해 주었다.

"저자세라…… 그것도 맞을지 모르지. 하지만……."

"하지만?"

강기준은 그녀의 어깨에 손을 올리며 답했다.

"내가 콧대를 세워봐야 네 얼굴에 먹칠하는 것밖에 안 돼."

"그래도 너무……."

"그런 건 자존심이 아냐. 자존심은 진짜로 세울 곳에서 세
우면 돼."

민진서는 이해했다는 듯 고개를 끄덕였다.

강기준이 엘리베이터 버튼을 누르자 숫자가 빠르게 줄어
들었다.

그 사이를 놓치기 싫었는지 민진서가 다시 물었다.

"그럼 자존심을 세울 곳은 어디입니까?"

"음…… 그건 네가……!"

강기준이 답을 하려고 할 때, 공교롭게도 엘리베이터 문이 열렸다. 엘리베이터 안에는 한 여자와 3명의 남자가 타고 있었다.

"기준 오빠?"

엘리베이터 안의 여자는 강기준을 보더니 멍하니 눈을 껌뻑였다.

반면, 강기준은 눈빛이 흔들리며 심한 동요를 보이고 있었다.

"이민혜."

"안녕하세요, 기준 오빠. 오랜만이네요."

늘씬한 다리와 화려한 이목구비를 가진 여인.

강기준의 눈앞에 있는 여인은 그를 버리고 VVIP 소속사로 가버린 이민혜였다.

"우와, 이게 얼마만이에요?!"

이민혜는 강기준이 반가웠는지 손까지 내밀며 악수를 청했다.

하지만 강기준은 그녀의 손을 선뜻 잡지 못했다.

'……차라리 모른 척하고 가.'

VVIP 소속사 관계자들과 뒤의 민진서도 있었다.

보는 눈도 많았지만 흔들리는 눈을 한 그는 이러지도 저러지도 못했다. 언젠가 다시 만나는 날이 올 것이라고 생각도 했고 다짐도 수없이 했지만 막상 그 상황이 닥치니 어떻게 행동해야 할지 감이 잡히지 않았다.

"오빠도 참. 민망해지게."

이민혜는 멋쩍은 미소를 지으며 손을 내려놓으며 밝은 미소로 강기준의 눈을 바라보았다.

"좋아 보여서 다행이에요. 걱정 많이 했었는데…… 전 좋은 분들 만나서 잘 지내고 있었어요."

"……."

"월드에 가셨다면서요? 하긴, 오빠라면 월드에서도 잘하실 테니까. 오빠."

강기준의 손을 잡은 이민혜는 부드럽게 눈웃음을 지었다.

그때였다.

"오빠. 이분이 이민혜 씨군요."

"아."

"안녕하세요."

뒤에서 조용히 있던 민진서가 강기준 앞에 나섰다. 강기준이 힘겹게 이민혜를 배우로 성장시킨 스토리는 민진서도 잘 알고 있었다. 오직 뜨고 싶어서 계약 기간도 끝나지 않았는데 다른 소속사로 가버린 건 명백한 배신이었다.

돌아가는 상황을 보니 이민혜 뒤에 있는 VVIP 사람들은 킥킥대고 있었고 내버려 두면 강기준이 바보가 될 것 같았다.

이민혜도 당황했지만 이내 미소를 지으며 민진서에게 인사를 건넸다.

"안녕하세요. 이렇게 뵙네요. 대스타를 이렇게 뵙게 줄은 생각도 못 했는데……."

"저도 반가워요. 기준 오빠한테 말 많이 들었어요."

간단한 인사말만 오갔을 뿐이었다.

그러나 두 여인 사이에서는 무시무시한 불꽃이 튀었다.

이민혜는 살벌한 기세를 내뿜는 민진서에게서 심상치 않은 기색을 느꼈는지 순간 움찔했다.

그러나 곧 그녀도 질세라 곧 자신만만한 미소를 지었다.

"기준 오빠는 은인이에요. 오빠 덕에 스타가 됐고 더 좋은 곳으로 갈 수 있었어요. 오랜만에 반가워서 인사하러 온 건데. 오빠가 너무 놀란 건가……?"

뻔뻔함에 속이 끓어올랐지만 민진서는 차가운 미소를 지으며 답했다.

"많이 놀랐죠. 잘되겠다고 간 곳이 하필이면 VVIP인데……."

난데없이 날아온 독설에 이민혜 뒤에 있던 VVIP 관계자들의 눈이 휘둥그레졌다. 이민혜도 놀라 어안이 벙벙해졌다.

"자, 잠깐. 그게 무슨 뜻이죠?"

민진서는 자연스럽게 강기준을 잡은 이민혜의 손을 풀어

버리곤 팔짱을 끼었다.

"글쎄요. 차라리 다른 곳으로 갔으면 마음이라도 편했을 텐데…… VVIP라니. 오빠, 맞죠?"

강기준은 얼떨떨한 표정을 짓다가 이내 고개를 끄덕였다.

이민혜의 얼굴이 순간 심하게 일그러졌고 민진서의 미소는 짙어졌다.

"민혜 씨. 다음에 또 봬요. 작품이든, 어디든."

민진서는 강기준을 데리고 돌아섰다.

"……야아! 민진서어-!"

얼마 지나지 않아 복도를 울리는 외침이 들렸지만 민진서는 코웃음을 칠뿐이었다.

지하 주차장에 이르러, 차에 올라탄 강기준이 쓴 표정으로 한숨을 쉬었다.

"……추한 모습을 보였네. 미안."

민진서는 풀어진 얼굴로 손가락을 흔들었다.

"노노. 애지중지 키운 스타가 그렇게 가 버렸는데……. 내가 더 화가 났어요. 이건 아니죠."

강윤이 나간 이후 MG에서도 의리를 지켜온 민진서였다.

이민혜의 행태는 그녀의 속을 뒤집어놓기에 충분했다.

주차장을 나온 차는 금방 한강 다리에 이르렀다. 다리를 지나 맞은편 철교를 건너는 지하철을 멍하니 바라보는 민진서에게 강기준이 말했다.

"진서야."

"네?"

창가를 보고 있던 민진서의 눈이 운전을 하고 있는 강기준에게로 향했다.

"고마워."

"아니에요."

"아니긴. 정말…… 고마워."

"힘든 시기를 함께 넘긴 사람은 절대 버리는 게 아니라고 했어요. 들은 대로 한 거예요."

"……맞아. 그렇지. 그래야 해."

신호 때문에 차들이 천천히 느려지자 강기준은 부드럽게 브레이크를 밟아갔다. 차가 멈춘 후, 뭔가가 떠올랐는지 강기준은 고개를 돌리며 물었다.

"진서야. 조금 전에 한 말 말이야."

"네. 왜요?"

"그 말, 혹시 사장님이 했던 말이니?"

혹시나 해서 물었더니 민진서는 당연하다는 듯 고개를 끄덕였다.

"네. 저 연습생 때 자주 들었던 말이었어요. 에디오스 언니들도 많이 들었을 거예요."

"……."

신호가 바뀌어 차는 다시 이현지의 집으로 향했다.

'힘든 시기를 함께한 사람이라…….'

돌아가는 길에 강기준은 민진서에게 들은 말을 새기고 또 새겼다.

"이강윤 회장님."

옥상에서 연기를 뿜어내던 강윤은 난데없이 들려온 말에 놀라 손에 들고 있던 담배를 떨어뜨렸다.

돌아보니 이현지가 쿡쿡대며 웃고 있었다.

"이사님. 휴. 놀랐잖습니까."

"하하하. 너무 놀라시는 것 아니에요?"

이현지는 들고 온 커피를 강윤에게 건넸다.

강윤은 연기를 손으로 흩어버리곤 커피를 받아들었다.

"더운 날의 아이스 아메리카노라니. 센스가 정말 끝내주는군요."

"그렇죠?"

이현지는 난간에 몸을 기대며 하늘로 눈을 돌렸다. 구름에 가려진 햇빛이 빛무리를 만들어내며 아름다운 광경을 만들어내고 있었다.

강윤은 차가운 아메리카노로 목을 적셨다.

"아직 회장이라는 호칭은 이릅니다. 우물가에서 숭늉 찾는 취미도 없고……."

"머잖아 그렇게 될 거에요."

가수, 배우, 공연, 그리고 이츠파인까지.

분화된 팀들이 커지면 그렇게 될지 모르지만 지금은 아니었다. 물론 다른 방법이 없는 건 아니었다.

"이사님. 지난번에도 말했지만 전 월드를 상장할 생각은 없습니다."

상장하면 지분을 대가로 엄청난 투자금이 들어온다. 지금의 월드라면 꽤 큰 대가가 들어오며 대표이사가 될 것이다. 그와 함께 회장이라는 호칭도 주어진다.

그러나 과연 그때의 월드가 가수들이 노래할 수 있는 월드가 될 수 있을까?

강윤은 회의적이었다.

이현지도 그의 생각에 반대하지 않았다.

"하긴, 자금도 충분한데 괜히 투자금 때문에 주주들에게 휘둘릴 이유는 없죠."

"맞습니다. MG의 뒤를 따르고 싶진 않습니다. 이사회는 서로의 뜻을 맞출 수 있다면 높은 효율을 낼 수 있지만 그 과

300 음악의 신13

정이 너무 힘듭니다. 좀 더 빠르게 가자고 미래를 힘들게 하고 싶진 않습니다."

"맞아요. 사장님, 그보다 걱정되는 게 있어요."

"걱정?"

강윤이 의문을 표하자 이현지는 강윤과 눈을 마주쳤다.

"사장님이요."

"제가 말입니까? 무슨⋯⋯."

"한유한테 이야기 들었어요. 가슴에 통증이 있었다고."

"아."

강윤은 작게 탄성을 냈다.

심한 검은빛에 몸이 심하게 반응한 것뿐이었다. 그런데 그걸 알 길 없는 서한유가 이현지에게 이야기한 모양이었다.

"병원은 가보셨어요?"

이걸 어떻게 이야기해야 할지 강윤은 난감했다.

음표에 대한 건 누구한테도 말할 수 없는 비밀이었다. 심지어 희윤에게도 말하지 않고 무덤까지 가져갈 생각이었는데.

"가슴 통증은 심각한 거예요. 심근경색 같은 건 갑자기 올 수도 있으니까 병원에 꼭 가보세요."

"이사님. 전 정말 괜찮습니다."

"꼭."

이현지는 강윤의 양 어깨에 손을 올렸다.

"가보세요."

"……알겠습니다."

박력 있게 밀어붙이는 이현지에게 밀려 강윤은 다른 답을 하지 못했다.

'뭐, 어차피 정상이겠지.'

'이상없음'이라고 나온 검진표 하나면 해결될 일이다.

강윤은 가볍게 생각하기로 했다.

그의 답을 받아낸 이현지는 조금은 풀어진 얼굴로 손을 내렸다.

"월드는 사장님에 대한 의존도가 높은 회사예요. 만약 사장님한테 무슨 일이라도 생기면……."

"생기면……?"

이현지는 강한 눈빛으로 이야기했다.

"월드는 분열될 거예요. 가수, 배우, 공연에 가수별로 갈기갈기. 시스템이 자리 잡지 않아서 위험해요. 그러니까 회장님."

"이사님."

"꼭 받고 오세요."

그녀는 몇 번이나 강윤에게 신신당부를 하고는 옥상을 내려갔다.

"회장이라니. 하아."

너털웃음을 지으며 강윤은 어깨를 으쓱이며 옥상을 내려 갔다.

어느덧 5월이 지나 6월이었다.

6월의 정오는 햇살이 따갑게 내리쪼이고 있었다.

"가스가 다 됐나? 에어컨은 왜 이리 안 나와."

연식이 오래된 승용차를 운전하며 강윤은 괜히 중얼거렸 다. 이현지가 차 좀 사라고 했던 말이 괜히 생각나며 에어컨 을 끄고 창문을 열었다.

더위에 땀을 흘리며 차를 달린 강윤은 종로에 도착했다. 발렛파킹하는 사람에게 키를 맡긴 후, 강윤은 미리 예약해둔 한식집 안으로 들어섰다.

직원의 안내를 받아 룸 안에 들어서자, 앉아 있던 정장을 입은 중년 남성이 자리에서 일어나 강윤을 맞아주었다.

"안녕하십니까."

"아, 안녕하십니까."

강윤은 조금 놀랐다.

아직 약속시간은 10분 정도 남아 있었다. 그런데 벌써 도 착해 있다니.

중년 남성은 부드럽게 웃으며 강윤에게 자리를 권했다.

한복을 입은 직원이 음식을 하나둘씩 내온 후, 강윤은 정중히 고개를 숙였다.

"처음 뵙겠습니다. 이강윤입니다."

"말씀 많이 들었습니다. 최경호입니다."

최경호는 안경이 잘 어울리는 중년 남성이었다. 그는 바로 은퇴를 앞두고 있는 시립 서울문화회관의 사장이었다.

'서울문화회관이 사장제로 바뀐 후, 두 번째로 취임한 사장이다. 어수선한 서울문화회관의 분위기를 바로잡고 서울시 산하의 교향악단부터 뮤지컬에 이르기까지, 다양한 공연을 펼쳐가며 서울문화회관을 흑자로 경영한 사람이다. 문제라면 적이 많다는 것이지만……'

최경호와 이야기를 나누며 강윤은 그에 대해 파악할 수 있었다.

원칙대로. FM.

공연 유치를 위한 로비 등도 받지 않은 투명한 사람이었지만, 자기 사람을 만들지 못해 외로운 사람이었다.

나온 음식을 조금씩 입에 넣으며 최경호가 입을 열었다.

"문체부가 주관한 연말 파티 때 한번 뵀었는데, 기억하십니까?"

"그렇습니까? 기억이 가물가물합니다."

강윤이 멋쩍은 표정을 짓자 최경호는 껄껄 웃었다.

"솔직하시군요. 다른 사람들은 일부러도 기억난다며 이

야기하곤 하는데 말이죠."

호감을 샀는지 그의 표정이 한결 풀어졌다.

'최경호 사장은 솔직한 걸 병적으로 좋아한다. 업계에서 워낙 거짓을 말하는 사람들이 많아서…… 정직하게 이야기 하는 게 제일 나아.'

회귀 전 과거에서 최경호가 낸 자서전에서 본 이야기를 떠올렸다.

서울문화회관이 사장제로 바뀌면서 문화회관은 이익을 내야 하는 공기업형태로 바뀌었다.

1대 사장이 엄청난 적자를 기록하면서 굴욕을 당한 채 물러난 후, 2대 사장으로 최경호가 취임했다. 그는 이후 10년에 걸쳐 서울문화회관을 흑자로 전환했다. 그 과정에서 수없이 많은 비리와 거짓을 접하며, 거짓을 병적으로 싫어하게 되었다는 걸 강윤은 기억해냈다.

흑자로 전환한 뒤 얼마 지나지 않아 젊은 감각이 부족하다는 이유로 은퇴압박에 시달리고 있는 상황이고.

생각을 정리한 강윤은 차분히 말을 이어갔다.

"사소한 것에 거짓말을 할 이유는 없잖습니까."

"하긴. 아무튼 그 자리에는 정부관계자들도, 엔터 관계자들도 워낙 많았지요. 게다가 강윤 사장님은 인기인이었으니…… 기억납니다. 사람들이 강윤 사장님과 어떻게든 이야기를 나누고 싶어서 안달을 하던걸."

"다 한때 아니겠습니까."

강윤은 손을 내저었다.

힘이 있을 때 몰려드는 사람들은 내가 힘들어지면 결국 나를 떠나게 마련이다. 진짜 힘이 되는 사람들은 내가 힘들 때 나와 함께해주는 사람들이다.

사업을 하기 위해선, 사람을 보는 시야가 중요하다는 걸 강윤은 무엇보다 잘 알고 있었다. 파티를 비롯해 업계 관련 여러 가지 이야기를 하다 보니 두 사람은 마음이 맞는 것을 느꼈다.

'월드가 괜히 호평 받는 게 아니었군.'

최경호는 강윤의 식견보다 그 마음에 더 놀랐다.

뮤지컬을 하는 사람들이나, 배우를 하는 이들에게 간혹 월드에 대한 이야기를 들어왔었다. 소속사를 정한다면 월드를 꿈꾼다며 배우든 지망생이든 월드에 동영상 하나는 다 보내놨다는 우스갯소리마저 들었었다.

그때는 한귀로 듣고 흘렸었는데, 막상 대면해보니 이해할 수 있었다.

'FM이야. 나처럼.'

최경호는 조금씩 강윤이라는 사람이 마음에 들기 시작했다. 일을 하는 방식, 생각 등 통하는 것이 많았다.

정식으로 만나는 건 오늘이 처음이었지만 이야기를 나누다 보니 시간 가는 줄 몰랐다.

어느새 메인요리는 비었고 후식이 나올 시간이 되었다.

강윤은 후식으로 나온 매실차를 내려놓고 본론을 이야기했다.

"사장님. 은퇴를 앞두신 걸로 압니다."

"……그렇습니다. 좀 더 일을 하고 싶은데…… 잡아주질 않네요."

어찌 보면 기분 나쁜 말이었다.

그러나 최경호는 쓴 표정을 지을 뿐이었다.

55세.

정년이라 하기엔 젊은 나이였지만 서울시에서는 젊은 감각을 원한다며 그를 압박해오고 있었다.

그때 강윤이 깜짝 놀랄 만한 제의를 해왔다.

"저와 함께 일해 보시는 건 어떻습니까?"

"네? 잠깐, 잠깐만요."

최경호는 손을 들어 강윤을 제지했다.

"지금 뭐하고 하셨습니까? 같이 일해 보자고 하신 겁니까?"

"네. 맞습니다. 저희 공연팀의 팀장으로 모시고 싶습니다."

"허……."

강윤의 연락을 받았을 때, 대충 짐작은 했지만 실제로 들으니 가슴이 뛰며 눈이 떨려왔다.

'월드, 월드라…….'

그는 단번에 매실차를 넘겨 버리곤 떨리는 목소리로 답했다.

to be continued

SUPER ACE
슈퍼에이스

예성 장편소설

야구 선수의 프로 계약금이 내 꿈을 정했다.

"왜 야구가 하고 싶니?"

"돈을 벌고 싶어요! 집을 살 수 있을 만큼!"

시작은 돈을 벌기 위해서였다.
하지만 이제는 꿈의 그라운드를 위해서
메이저리그 명예의 전당을 노린다!

지갑송 퓨전 판타지 장편소설

레벨 업하는 몬스터

[특성개화 100% 완료]

시스템 활성화
특성 개화로 인하여 종족 변경:
인간 ➡ 몬스터

인간과 몬스터가 공존하는 현대.
갑작스런 특성의 개화.
기사도 사냥꾼도 아닌 몬스터로 종족이 변했다!
더 이상 인간으로 생활이 불가능한 상황!

"도대체 뭘 어떻게 하면 되냐고!"

처절하게 레벨을 올려야
사람으로 살 수 있다!